forever home for hootch
-die geschichte eines tierheimhundes-

AF220759

Buch

Das Buch erzählt die Geschichte eines Hundes, welcher mehr als 6.5 Jahre in 3 verschiedenen Tierheimen gelebt hat, weil ihm niemand eine Chance geben wollte oder konnte. Die Kurzgeschichte ist grösstenteils aus der Sicht des Hundes geschrieben und soll darstellen, dass ein Tier nicht alles vergisst was es erlebt hat und vorallem auch, dass eine schwierige Lebensgeschichte ein Tier „müde" machen kann.

Autorin

Die Autorin ist in der technischen Branche tätig und nebst ihren Tieren hat sich das Schreiben zu einer grossen Leidenschaft entwickelt. Dieses Buch ist die zweite Auflage von „forever home for hootch –die geschichte eines tierheimhundes-", von ihrem ersten veröffentlichten Buch.

Gabriela Gamma

forever home for hootch
-die geschichte eines tierheimhundes-

Kurzgeschichte

© 2019 Gabriela Gamma

ISBN: 9783751997133

Herstellung und Verlag: BoD – Books on Demand, Norderstedt

Für:
Beatrice A.
Tierheim Paradiesli
Anina B.
Caroline V.

Namen und Institutionen:

Namen und Institutionen wurden von der Autorin frei erfunden, sofern sie kein Einverständnis für deren Nennung hat.

Vorwort

Bis zum Tage im Januar 2016, als sich unser Leben für immer veränderte, ist diese Geschichte eine reine Mutmassung seitens der Autorin. Diese Mutmassungen entstanden anhand von Hootchs Verhalten, welches er an den Tag legte (zum Teil immer noch tut) und auch, was über seine Vorgeschichte recherchiert werden konnte. Leider ist dies nicht all zu viel, oder sollte man vielleicht besser sagen, zum Glück ist es nicht all zu viel?

Einleitung
-Die Beschlagnahmung-

Jemand schreit: „Das sind meine Hunde und die Kleinen sind meine Welpen!" Ein riesiger Tumult bricht los, ich habe Angst und dränge mich so gut es geht zwischen meine drei Geschwister und ganz fest an meine Mama. Ich höre fremde Stimmen, sie tönen ganz nett, aber sehr klar und energisch. Sie reden auf unseren Menschen ein:

„…..seien Sie doch vernünftig, Sie können die Hunde nicht behalten. Wir werden geeignete Lebensplätze für ihre Tiere suchen. Da werden sie gepflegt, geliebt, gefördert… und jetzt werden sie erstmals zu uns kommen und da werden sie medizinisch betreut."

Und was ist das? Da ist noch eine Stimme. Freundlich und ruhig, sie spricht beruhigend auf jemanden ein. Sind wir etwa damit gemeint? Ich glaube ja, dennoch, mir dreht sich alles im Kopf, ich bin total verwirrt. Ich sehe meine Geschwister an, ich glaube ihnen geht es ebenso. Wir drängen uns noch näher an unsere Mama. Wir vier Geschwister werden alle hochgehoben, hilfe! Was geschieht mit mir? Ich schreie so laut ich nur kann. Ein anderer Mensch hat meiner Mama etwas um den Hals gelegt, ebenso meiner Tante. Daran ist irgendetwas befestigt, das aussieht wie ein Seil. Ein Seil kenne ich, wir haben manchmal mit einem Stück davon gespielt. Ziehspiele haben wir damit immer gemacht. Meine Mama bleibt stehen, ich schreie noch lauter. Ich will nicht weg von ihr, hilfe! Stimmen versuchen sie zu locken und schliesslich, als sie merkt, dass man uns „stehlen" will, läuft sie mit ihrer Schwester neben uns her. Und trotzdem weiss ich immer noch nicht, was hier gerade mit uns geschieht. Ich verfalle nun vollends in Panik und schreie so laut ich kann. HILFE!

Behutsam schiebt man uns in ein Ding. Es ist sieht komisch aus. Es hat vier Wände und es riecht sehr streng, igitt. Ich kenne diesen Geruch nicht. Mir wird übel. Die Menschen, welche uns mitnehmen, nennen das Ding übrigens „Boxe" oder „Kennel". Zum Glück sind wir alle beisammen, aber Angst habe ich trotzdem noch. Meine Mama weiss auch nicht, was da gerade passiert. Sie hat selber grosse Angst, ist sehr gestresst, lässt uns jedoch nicht aus den Augen.

Nun wird diese Boxe auch noch von aussen geschlossen. Ich will nicht da sein. Ich will da raus!

Ein komisches lautes Geräusch ertönt, es vibriert etwas und die ganze Boxe beginnt zu fahren. Ach nein, das Ding wo die Box drin steht beginnt zu fahren. Uäääh, das schaukelt hin und her, mir wird noch viel übler. Ich muss mich übergeben. Mein einziges Gefühl ist Angst, mein einziger Gedanke: Hoffentlich hört das bald auf zu schaukeln. Endlich, nach gefühlten 20 Stunden (in Wahrheit sind es 15 Minuten) hält das Ding –die Menschen nennen es Transporter- an und diese ungeheuerliche Schaukelei ist endlich vorbei. Wir alle wissen immer noch nicht, was mit uns passiert. Nun höre ich wieder diese freundliche Stimme, sie redet beruhigend auf uns ein. Die Box öffnet sich, wir werden heraus gehoben und in einen Raum gebracht. Und nun? Wir werden alle abgetastet und igitt, was ist das denn? Wasser? Wir werden nass gemacht? Tatsächlich, wir werden alle gewaschen, ich bin nicht der einzige, dem vorhin schlecht geworden ist. Nun werden wir trocken gerieben und man bringt uns in ein kleines Zimmer mit Mama zusammen. Ich bin so fest müde, aber ich habe Angst einzuschlafen. Was, wenn Mama nicht mehr da ist, wenn ich wieder aufwache? Ganz eng an meine Geschwister und meine Mama gedrängt, fallen mir meine Augen schliesslich doch zu.

Kapitel 1

–Das erste Tierheim-

Erschöpft öffne ich meine Augen, meine Mama ist immer noch da. Phuuuh, das nenn ich mal grosses Glück. Meine drei Geschwister drängen sich ebenfalls an unsere Mutter. Wir sind durstig und trinken gierig.

Von draussen tönt Hundegebell zu uns herein. Schritte sind zu hören, langsam öffnet sich die Türe zu unserem Zimmer. Ein neuer Mensch, eine Frau, erscheint. Sie schliesst die Türe hinter sich und meine Mama spannt sich an. Die Frau, sie heisst Tessa –wie ich später erfahren werde-, jedoch bedrängt uns nicht. Sie geht erst in die Knie, dann setzt sie sich auf den Boden, lehnt sich an die Türe und redet ganz leise und behutsam auf uns ein. In der Hand hält sie eine Schale, meine Mama schnuppert in die Luft. Nach einer Weile geht sie ganz langsam und zögernd auf Tessa zu. Ihr Hunger hat gesiegt, gierig frisst sie den Inhalt der Schale in Tessas Hand auf. Irgendwann steht Tessa langsam auf und geht wieder hinaus. Nach ein, zwei Tagen gewöhnen wir uns langsam an unsere Pfleger. Tessa, Lulu, Sebi und Jens sind wirklich ganz in Ordung. Zumindest glaube ich das. Ich traue ihnen noch nicht ganz über den Weg, aber Mama auch nicht und somit ist das ganz okay denke ich.

Bald darauf machen wir einen Familienausflug zu einem Tierarzt, wie Sebi uns erklärt. Wir brauchen anscheinend einen richtigen Check und müssen entwurmt werden –als ob ich Würmer hätte, mit Sicherheit nicht, tsts-, und die erste Impfung für die Grundimmunisierung erhalten wir auch. Also ich weiss nicht recht….

Da! Da ist wieder der Geruch, welchen ich schon in dieser komischen Boxe roch. Ich strecke meine Nase in die Luft und versuche schnell mit meiner Zunge den Geruch von meiner Nase abzulecken. Aber so richtig will mir das nicht gelingen. Tessa lacht leise und meint zu mir: „Dies ist doch nur der Geruch des Desinfektionsmittels, du kleiner Clown." Ich glaube, damit putzt man gebrauchte

Sachen, so dass sie wieder wie neu sind. So ganz richtig habe ich es nicht verstanden. Aber wie soll man denn auch all das im Kopf behalten?

Die Türe geht auf und ein Mann erscheint, dies muss dann wohl der Tierarzt sein. Wir werden alle abgetastet unter strenger Aufsicht meiner Mama. Danach gib es irgendeine Flüssigkeit ins Maul, welche eklig ist, aber immerhin hat sie kein Nach-geschmack. Einmal runter und schon fast vergessen. Der Tierarzt meint zu Tessa und Sebi, dass wir aufgefüttert werden müssen. Nun ja, Mama hat schon nicht ganz so viel Milch, auf jeden Fall werde ich nie ganz satt. „Jetzt noch die Impfung" meint er laut und schon kommt er auf mich zu mit einem silbernen Pfeil oder sowas ähnliches. „Halt ihn fest Tessa".... AUA! Das hat weh getan und schaue die beiden mit meinem bösesten Blick an, den ich zustande bringe. „Ist ja gut Kleiner, schon vorbei" murmelt Tessa mir zu, massiert die Einstichstelle und streichelt mich.

Ich höre, dass Sebi zu Tessa sagt, dass wir unbedingt Namen brauchen würden. Ich frage mich, was das nun schon wieder ist. Namen. Ob man das wohl essen kann?

Wieder zurück in unserem Zimmer dürfen wir erst mal in aller Ruhe schlafen.

Später kommen dann alle unsere Pfleger vorbei und ich erfahre, worüber Sebi mit Tessa gesprochen hat. Ich bekomme erklärt, was ein Name ist. Das ist nämlich ein Wortlaut, der nur für mich bestimmt ist. Die Namen von meiner Mama und meinen Geschwistern kann ich mir nicht merken, muss ich aber auch gar nicht, denn ich stelle fest, dass es immer etwas Leckeres zu futtern gibt, wenn ich auf „Hootch" reagiere. So heisse ich also. Das ist mein Name. Tönt doch toll, oder?

Die Tage vergehen und unsere Tante ist bereits ausgezogen. Demnach was Tessa sagt, hat sie anscheinend einen supertollen Lebensplatz erhalten. Ich weiss zwar nicht, was das ist, ein Lebensplatz, aber es tönt auf alle Fälle nach etwas positivem.

Wir müssen ein weiteres Mal zum Tierarzt, schon wieder was Neues. Ich sehe eine richtig dicke, fette Nadel. Platt wie eine Flunder. Heee, was soll das denn? Diesmal ist Lulu dabei. „Keine Angst Hootch, das ist nicht schlimmer als die Impfung, das ist ein Chip. Damit wirst du dann in der Hundedatenbank registriert." Aha, und wozu ist das bitteschön gut? Während ich noch dieser Frage nachgehe piekst es auch schon, es brennt etwas und schon ist es wieder vorbei. Lulu gibt mir ein paar Leckerchen und massiert die Stelle, genau wie Tessa damals bei der Impfung, wie ich mich erinnere. Die machen das wirklich gut, die beiden. Die wissen, was ich gerne habe. Und natürlich weiss ich auch jetzt schon genau, wie ich sie am besten um den Finger, respektive um die Pfoten wickeln kann.

Schon bald sind wir sind wir volle 10 Wochen alt. Meine Pfleger meinen, jetzt wären wir alt genug um vermittelt zu werden. Es ginge sicher ganz schnell, wir seien immerhin Welpen. Und was für Süsse noch dazu.

Der Tag kommt und eine herzliche Frau kommt uns besuchen. Sie streichelt uns, aber wirklich interessieren tut sie sich für unsere Mama. Sie spricht mit ihr und den Pflegern. Am nächsten Tag kommt sie wieder und geht mit Mama spazieren, sie scheint begeistert zu sein. Ja klar, ich kann das nachvollziehen, sie ist die beste Mama, die man sich nur wünschen kann. Schon bald darauf herrscht Abschiedsstimmung. Ich bin zwar etwas traurig, aber meine Geschwister sind ja alle noch da. Und mit denen herum rennen, draussen herum jagen, kämpfen und schmusen macht genau so viel Spass. Zudem lernen wir jeden Tag etwas dazu. Zum Beispiel, was ein Bällebad ist. Huiiii, ich finde das so witzig. Herein Springen und Bälle zerkauen, toll. Genau nach meinem Geschmack. Dies gehört zu meinen absoluten Lieblingsbeschäftigungen.

Weitere zwei Tage vergehen und dann kommt ein junges Pärchen vorbei. Die kommen uns anschauen! Einer meiner drei Brüder hat ihre Aufmerksamkeit auf sich gezogen. Hallooooo (!), hier bin ich! Ich hample hin und her und schliesslich werde ich auch gestreichelt. Allerdings habe ich irgendwie Gefühl, dass sie meinen Bruder bevorzugen. Keine Ahnung warum. Ich bin mindestens genau so hübsch! Nein echt jetzt, ich bin viel hübscher als er!

Das Paar kommt noch einmal vorbei, danach kommt ein Mann, mittleren Alters. Auch er ist an eben dem Bruder interessiert, doch Jens meint, er sei reserviert. Das lässt meine Lauscherchen aufhorchen und ich springe sofort zu ihm, um ihm schöne Augen –oder in meinem Fall schöne Ohren- zu machen. (Ich habe einmal gehört, dass Jens zu Tessa sagt: „Machst du Sebi wieder schöne Augen?" Manchmal kann man echt was lernen von den Menschen).

Allerdings werde ich von diesem Herrn fast gar nicht beachtet. Die beiden Parteien kommen weitere Male und schon bald sind zwei meiner drei Brüder ausgezogen. Die haben's gut. Natürlich sind die Pfleger hier super, doch sie schwärmen immer davon, wie toll ein eigenes zu Hause für uns wäre. Aber wir sind ja jetzt erst 12 Wochen alt, das geht nicht mehr lange meinen alle vom Tierheim. Ich erinnere mich, wie jemand am Tage unserer Beschlagnahmung zu unserem damaligen Menschen gesagt hat: „Wir werden geeignete Lebensplätze für ihre Tiere suchen. Da werden sie gepflegt, geliebt, gefördert…..". Diese Worte sollen mir in meiner Zukunft noch oft durch den Kopf gehen.

Jetzt sind wir nur noch zu zweit. Ein neuer Tag bricht an, Jens holt mich und meinen Bruder ab. Er legt uns ein Halsband und etwas Komisches um den Bauch, die Menschen nennen es „Geschirr". Daran befestig er das eine Ende von der Leine, das andere Ende macht er am Halsband fest. Das erste Mal dürfen wir nicht nur ins Aussengehege, wir dürfen kurz mit Jens spazieren gehen. Wir treffen ganz viele Sachen und Jens erklärt uns alles ganz genau: „Jungs, Autos sind gefährlich, die darf man nicht jagen". Will ich doch auch gar nicht, die machen nämlich ganz komische Geräusche und sie stinken. Bäääh. Das nächste, was wir treffen ist ein Mensch, er rennt. Und er starrt mich an, ich finde das nicht lustig und belle ihn, so laut es geht, an. Mein Bruder hilft tatkräftig mit, also wird das schon richtig sein. Jens aber meint nur, wir sollen den Jogger in Ruhe lassen und lockt uns mit ein paar fein riechenden Wurststückchen zu sich. Nun ja, der Wurst kann ich nun mal nicht widerstehen. Nach dem Spaziergang, auf welchem es neben den Autos, Jogger und Fahrrädern auch viiiiel zu schnüffeln gab, bin ich total platt und muss mich erst einmal richtig ausschlafen, aber erst nach dem Essen, denn was noch grösser ist als meine Müdigkeit, ist mein Hunger.

Die Tage vergehen, wir werden älter und plötzlich ist der Tag da, an welchem mich eine neue Person mit nimmt zum spazieren. Sie heisst Sarah und ist echt nett, aber etwas unsicher. Ihre Unsicherheit verunsichert mich auch und macht mich etwas konfus. Sie bringt mich zurück und redet mit Tessa und Lulu. Ich verstehe nicht, was sie sagen, aber vielleicht will sie mich ja adoptieren? Könnte doch sein. Immerhin bin ich ja noch jung und lernfähig. Ok, ich gebe zu, meinen eigenen Kopf habe ich schon. Aber was ist daran falsch?

Einige Tage vergehen, diese sind nichts Besonderes. Mein Bruder und ich spielen miteinander, wir hören Katzen miauen und andere Hunde bellen. So langsam schlafe ich nicht mehr so gut. Tessa, Jens, Lulu und Sebi haben auch nicht mehr so viel Zeit für uns. Wir sind viel alleine.

Und dann kommt der Tag, der mein Leben das erste Mal verändern sollte. Sarah kommt wieder vorbei, vielleicht hat sie doch Interesse an mir? Sie hat mein Halsband und mein Geschirr, wie auch meine Leine in der Hand. Ich bin ganz aufgeregt, springe im Raum hin und her, lasse mir kaum meine Sachen anziehen. Wir gehen zusammen spazieren. Draussen ist es kalt und es schneit wie Sarah mir erklärt. Schnee habe ich noch nie gesehen, ich fühle mich furchtbar kribbelig. Ich springe umher an der der Leine und schnappe nach jeder einzelnen

Schneeflocke. Das macht mir grossen Spass! Sarah lacht und wirft mir Schneebälle, welche ich versuche aufzufangen. Doch irgendwie lösen sie sich immer in Luft auf, sobald sie den Boden berühren.

Plötzlich treffen wir einen andern Hund. Sarah, immer noch sehr nervös und unsicher zieht mich an der Leine zu sich. Der andere Hund starrt mich an, ich starre zurück. Ich weiss nicht was das heisst. Ich bin unsicher. Irgendwann habe ich das Gefühl, innerlich zu explodieren, ich habe keine Ahnung, wie ich mit dieser Situation umgehen soll. So lasse ich es einfach raus...... und erwische Sarahs Hand. Sie schreit erst „aua", dann schreit sie mich an. Ich bin völlig verwirrt. Habe ich ihr weh getan? Das wollte ich doch gar nicht, ich weiss nur nicht, wie ich mich verhalten muss, wenn ich einen anderen Hund treffe. Kommentarlos bringt mich Sarah zurück ins Tierheim, ich bin sehr traurig, ich merke, dass etwas nicht stimmt. Aber was das genau ist, das weiss ich nicht.

Später kommt Sebi zu mir und erzählt mir, dass ich mich nicht so benehmen darf. Ich dürfe nicht einfach den Frust an jemandem auslassen, ich müsse lernen mit Frust umzugehen. Ich weiss jedoch nicht wie, mir wird nicht gezeigt, was ich anders machen soll. Sarah sehe ich niemals wieder.

Ein paar Wochen später kommen Jens und Tessa uns gemeinsam Füttern, meinen Bruder und mich. Jens erzählt Tessa, das sich jemand für einen von uns beiden interessieren würde. Ich höre wie sie darüber diskutieren, dass sie mich dieser Person gar nicht vorstellen wollen. „Hootch ist nicht sauber", sagt Tessa zu Jens. „Wir behalten ihn am besten noch eine Weile hier."

Ich bin sehr traurig darüber und hier erinnere ich mich erstmals wieder an die Worte „Wir werden geeignete Lebensplätze für ihre Tiere suchen. Da werden sie gepflegt, geliebt, gefördert….." Diese Worte waren doch nicht nur für meine Geschwister, meine Mama und meine Tante bestimmt, sondern auch für mich. Bald darauf zieht auch mein Bruder aus.

In den nächsten Monaten werde ich kastriert, man sagt, vielleicht wird es dann besser. Ich kann mit ganz vielen verschiedenen Menschen raus zum spazieren, doch jene Vorfälle wie damals mit Sarah, die häufen sich. Noch immer habe ich nicht gelernt, wie ich denn mit äusseren Eindrücken umgehen soll. Und immer wieder andere Menschen machen es auch nicht besser. Sie streicheln mich zwar immer ausgiebig was ich zwar geniesse, aber niemals mehr kommt jemand mit wirklichem Interesse an mir. Meine Hoffnung sinkt.

Kapitel 2
-Das zweite Tierheim-

An die Zeit, nachdem mein letzter Bruder ausgezogen ist, erinnere ich mich nur noch schwammig. Ich habe nicht mehr mitgezählt, wie viele Menschen es waren, die mit mir spazieren gingen, bei wie vielen ich ausgetickt bin, wie viele mich deswegen angeschrien haben.

Ich bin mittlerweile schon zu einem jungen Mann heran gewachsen. Kennen tue ich eigentlich immer noch nicht viel. Tessa sagt, sie können mich nicht vermitteln. Ich frage mich, was dies wohl bedeuten mag?

Eines Nachmittags kommt Lulu, sie nimmt mich ans Halsband, stellt mich einer neuen Person vor –er heisst Werner-. „Das ist also der Hootch", ich weiss ehrlich gesagt nicht recht, was ich von Werner halten soll. Lulu hat Tränen in den Augen, streichelt mich ein letztes Mal und Werner sagt zu mir „Hootch, wir gehen". Ich muss wieder in ein Auto steigen, er zwingt mich dazu, obwohl ich

Autos immer noch nicht mag. Mir wird immer noch schlecht und jedes Mal muss ich mich übergeben. Während der Fahrt male ich mir aus, warum Werner mich wohl geholt hat. Ich versuche mich von der üblen, ekelhaften Wackelei damit abzulenken, indem ich mir vorstelle, wie es bei Werner zu Hause aussehen mag. Ob es andere Hunde gibt? Ich bekomme bestimmt einen eigenen Ball zum spielen. Ich liebe Bälle..... nach fast 4h Auto fahren kommen wir an. Ich spitze meine Ohren und halte die Nase in die Luft. Ich höre Hunde bellen. Es riecht genau gleich, wie am Ort zuvor. Also natürlich nicht genau gleich, andere Tiere und trotzdem weiss ich, hier wohnt Werner nicht. Ich lande hier weil ich „unvermittelbar" bin. Genau wie Tessa gesagt hat. Ich vermisse Tessa, Sebi, Jens und Lulu. Werde ich sie jemals wieder sehen? Warum haben sie mich verlassen?

Die erste Nacht ist schlimm, ich laufe hin und her, ich weiss nicht was da heute gerade passiert ist. Und warum überhaupt musste ich weg? Ich verstehe es nicht. Nach einer einwöchigen Quarantäne – so nennen es Werner und sein Team (die anderen Namen kann ich mir noch nicht merken)- darf ich in ein neues Zimmer ziehen. Naja, wenn man das Zimmer nennen kann. Eine Decke auf dem Boden, ein Wassernapf. Es ist eng hier, ich fühle mich unwohl. Ich fange an, eine Ecke in meinem Zimmer zu fixieren. Es hilft mich zu beruhigen, denn so werde ich nicht ganz wahnsinnig.

Am nächsten Tag kommt Werner zu mir. Endlich darf ich mit ihm in den grossen Auslauf. Wir gehen ein paar Schritte zusammen, er fordert Sachen von mir, die ich noch nie gehört habe. "Sitz" zum Beispiel, bei allem anderen kann ich mir noch nicht mal den Namen merken. Er meint nur "Himmel, du kannst ja wirklich noch gar nichts". Doch klar kann ich, ich kann wie ein Flughund dem Ball hinterher jagen, was ich dann auch darf. Allerdings gebe ich den Ball nicht mehr her. Meiner! Inzwischen mag ich Werner etwas besser. Es liegt nicht an ihm, ich war so frohen Mutes bei Tessa und den anderen, dass sie ein zu

Hause für mich finden, ich habe ihnen vertraut. Aber sie haben –nicht wie versprochen- kein zu Hause für mich gefunden. Sie haben mich einfach in ein anderes Tierheim geschickt, weil ich wohl dort einfach zu teuer war. Dabei haben sie mich ja damals von der Strasse geholt.

Werner erklärt mir, dass ich bei Herrn Portmann ins Training muss. Denn mit mittlerweile schon drei Jahren auf dem Rücken und ohne Grundbildung sei ich wirklich unvermittelbar. Er streicht mir über die Flanke und meint "na Junge, das kriegen wir schon hin. Bist ja ein schlaues –wenn auch etwas stures- Kerlchen". Klar bin ich schlau, immerhin gelingt es mir, mich bei allen so einzuschleichen, dass alle mich streicheln und kraulen.

"Hootch aufstehen, heute ist dein erster grosser (Schul-)Tag"! Noras Stimme –ihren Namen habe ich mir mittlerweile einprägen können- klingt freudig aufgeregt. Nora mag ich besonders gut, sie steckt mir immer ein Extra-Keks zu, wenn sonst keiner hin schaut.

Nora zieht mir Halsband und Geschirr an, befestigt den einen Karabinerhaken von der Leine am Halsband, den anderen am Geschirr. Sie steckt mich mit ihrer Heiterkeit an und macht mich ganz konfus. Nora führt mich den Gang entlang, an den anderen Hundezimmern vorbei, hinaus ins Freie. Dann gehts um das Tierheim herum zur hinteren Wiese. Ich habe schon gehört, wie Werner, Nora und die anderen dies "Trainingsplatz" nannten.

"Hallo Herr Portmann" ruft sie ihm von weitem zu. Ein Mann steht auf dem Platz und fingert in seinem Rucksack umher. Das also ist dieser Herr Portmann, von dem ich bisher nur den Namen kenne. "Hallo Frau Lienert" kommt es aus Herrn Portmanns Munde, mich beachtet er nicht. Wer zum Teufel ist denn Frau Lienert, frage ich mich? Sonst ist doch niemand da, nur wir drei. Naja, vielleicht ist "Nora" die Abkürzung von "Frau Lienert" denke ich bei mir. Menschen kürzen gerne ihre Namen ab. Sebi heisst ja auch nicht Sebi, sondern Sebastian.

Herr Portmann sagt Nora, sie soll mich los machen (Der Trainingsplatz ist zwei Meter hoch eingezäunt), ich darf erst einmal den ganzen Platz abschnüffeln. Während sie zu Herrn Portmann etwas sagt, dass sich anhört wie "Grundausbildung, bevor wir ihn vermitteln können", sehe ich mir alles ganz genau an und muss natürlich mein Revier markieren. Dann verabschiedet sich Nora von Herrn Portmann und er meint, in ca. 30 Minuten bringe er mich wieder rein. Herr Portmann bindet mich nicht an, er ruft mich. In der Hoffnung auf ein Leckerchen trabe ich zu ihm hin. Es gibt Lobworte, aber keine Kekse. Ich finde das doof. Doch halt, er hat ja doch einen in der Hand. Er gibt mir das Kommando "Sitz", geht mit der Keksfaust ober meiner Nase nach hinten und ehe ich kapiere was passiert, hocke ich bereits am Boden. Unmittelbar danach darf ich den Keks haben. Ich denke bei mir, aha, das war also richtig.

In den nächsten paar Monaten kommt Herr Portmann mich etwa einmal in der Woche abholen für rund eine Stunde. Wir gehen auf den Trainingsplatz, aber auch raus zum spazieren. Ich darf Sachen kennen lernen, die ich noch nie zuvor gesehen habe, allerdings nur von weitem.

An Sebi, Tessa, Lulu und Jens muss ich nicht mehr so viel denken. Sie haben mich enttäuscht, Nora und Werner, sie werden mich nicht enttäuschen.

Heute ist ein besonderer Tag, denn ich bekomme von Nora ganz besonders viele Leckereien und besonders lange und ausgiebige Streicheleinheiten. Sie meint, dass ich heute vier Jahre alt werde und Herr Portmann meine, man könne mich ruhig zur Vermittlung ausschreiben. Als Nora –nachdem sie mir die guten Nachrichten überbracht hat- wieder hinaus geht und die Türe hinter sich schliesst, widme ich mich wieder meiner Ecke in meinem kleinen Raum, träume vor mich hin und höre einmal mehr die Stimme sagen "Wir werden geeignete Lebensplätze für ihre Tiere finden. Da werden sie gepflegt, geliebt, gefördert…..". Ich male mir ein weiteres Mal aus, in einer

Familie zu leben, wie das wohl sein wird? Vielleicht darf ich es endlich erfahren, nach über vier Jahren des Wartens.

Hier sind sie anständig zu mir, aber es sind halt unheimlich viele andere Tiere da und die wollen auch alle ihre Streicheleinheiten und Beschäftigung und Futter und saubere Zimmer.

Es sollte aber noch über ein Jahr vergehen, bis Nora an einem regnerischen Nachmittag (ich finde Regen und Wind nicht toll) zu mir kommt. Sie zieht mir das Halsband an, eine Leine und sagt zu mir "komm Hootch, jemand möchte dich kennen lernen". Ich bin ganz aufgeregt, huiii, vielleicht habe ich endlich ein eigenes zu Hause. Menschen für mich, die ich mit niemandem teilen muss. In dieser Aufregung vergesse ich sogar, dass es regnet und mir das eigentlich gar nicht gefällt. Da stehen zwei kleine und zwei grosse Menschen. Vier Menschen für mich ganz alleine? Das ist ja besser als mein Geburtstag! Viel besser! Wir kommen näher, ich höre den Mann husten.

Nora stellt mich ihnen vor "Hallo zusammen, das ist Hootch." Und an mich gewandt "Hootch, das sind Reto, Irina, und die beiden Kinder Sonja und Lea." Ich denke, dass sie vielleicht meine neue, meine erste richtige Familie werden. Ich gebe mir wirklich sehr viel Mühe, ich will ja nur den besten Eindruck hinterlassen. Alle streicheln mich, geben mir Kekse. Eine geschlagene Stunde lang. Ich geniesse das unheimlich, wobei ich sagen muss, dass mich Retos Husten etwas verunsichert. Ich fühle mich näher zu Irina, Sonja und Lea hingezogen als zu Reto. Sonja ist fünfzehn Jahre alt, wie ich erfahre. Lea ist zwölf. Alle verabschieden sich von mir und Nora sagt "ist doch ganz gut gelaufen, ich wette schon nächste Woche ziehst du um".

Wieder höre ich die Stimme in meinem Ohr "Wir werden geeignete Lebensplätze für ihre Tiere finden. Da werden sie gepflegt, geliebt, gefördert…..". Sollten diese Worte, dieses Versprechen nun endlich, nach über fünf Jahren des Wartens in Erfüllung gehen?

Genau so sollte es dann auch kommen und zwar exakt eine Woche nach dem ersten Besuch der Familie. Doch was heisst hier <u>der</u> Familie? Ich muss sagen, <u>meiner</u> Familie.

Nora kommt zu mir und bringt mir mein Frühstück. Sie sagt, sie freue sich so für mich, endlich dürfe ich umziehen. Nach dem Essen lege ich mich hin und schaue ein letztes Mal für drei Stunden die Ecke an. Dieselbe, wie auch schon in den letzten drei Jahren. Dann öffnet sich die Türe, Nora erscheint mit Halsband und Leine, knuddelt mich ein letztes Mal richtig und führt mich in die Eingangshalle. Und da stehen sie, auf mich wartend. Meine erste eigene Familie. Ich erkenne sie gleich wieder und begrüsse jeden einzelnen, sogar den hustenden Reto. Lea und Sonja zeigen Nora und Werner, welcher die Papiere fertig macht, stolz das neue bunte Paracord-Halsband und die neue dazu passende Paracord-Leine, welche sie mit Irina zusammen selber gemacht haben. Extra für mich! Nur für mich! Wow! Sie ziehen es mir über, ich bin sehr stolz darauf und kann es noch gar nicht richtig fassen. Lea sagt zu Reto "schau Papa, die leuchtenden Farben stehen Hootch ganz ausgezeichnet! Wir haben es dir doch gesagt", grinst sie weiter. Reto gefällt es wohl nicht so gut, er meint nur gelangweilt "ja, ist ja schon gut, zu seinem schwarzen Fell passen wohl alle Farben." Als alles geregelt ist, also mit dem Geld und den Papieren und so, gehen Reto und Lea voraus zum Auto und Sonja führt mich, Irina läuft auf meiner andern Seite mit. Beim Auto angekommen bekomme ich Panik, ich will da nicht rein, ich will nicht Auto fahren. Hilfe! Nach vergeblichen Lockversuchen von Irina, Lea und Sonja packt mich Reto ziemlich unsanft und schwupps bin ich im Kofferraum. Irina giftet Reto an "Du hättest ihn sanfter hochheben können." Reto gibt genervt zurück: "er muss das halt lernen, ich will nicht immer stundenlang warten bis sich der Hund dazu herablässt, in unser Auto zu steigen." Die Stimmung ist angespannt. Ich will doch niemanden ärgern, ich habe nur Angst, Auto zu fahren. Da wurde mir immer schlecht und auch jetzt ist es nicht anders. Krampfhaft versuche ich mein Morgenessen bei mir zu behalten, doch es klappt nicht. Es kommt alles hoch. Jetzt wird Reto wütend. "Jetzt kotzt er auch noch das Auto voll, ganz toll, dieser Hu....." der Satz endet in einem Hustenanfall. Ich weiss aber auch so, dass ich gemeint bin. Zu Hause angekommen steigt Reto kommentarlos aus dem Auto und geht ins Haus. Irina putzt mein Erbrochenes weg und Sonja und Lea reden beruhigend auf mich ein. Die beiden bringen mir erst Wasser, gehen mit mir in den eingezäunten Garten, wo ich erst mal pinkeln darf. Dann führen sie mich an der Leine durchs Haus. "Nicht in unser Schlafzimmer", ruft Reto. "Papa, Hootch muss doch das ganze Haus kennen und wenigstens einmal jeden Raum gesehen haben", gibt Sonja zurück. "Nein, in unserem Schlafzimmer hat der Hund nichts verloren", ruft Reto streng. Und schon wieder das Husten. Das gefällt mir gar nicht mehr. Mir fällt auf, dass mich Reto nie mit meinem Namen anredet. Ob er ihn wohl vergessen hat? Vielleicht kann er ihn sich nicht merken, ich kann mir auch nicht immer alle Namen merken, ich verstehe das. Naja, er kann ihn ja noch lernen.

Unten im Gang steht ein herrlich neues Bett für mich bereit. Irina, Sonja und Lea zeigen es mir. Zudem gibt es einen Futternapf –leider ist da nichts drin- und einen grossen Wasserbrunnen, ich finde den lustig. Sowas habe ich noch nie gesehen. Irina erklärt Lea, dass dies einen Trinkbrunnen für mich sei. Ebenfalls neu. Wow, ich bekomme so viele neue Sachen, das habe ich noch nie gehabt. Ich musste immer alles teilen mit anderen. Ich bekam irgendeinen Napf, irgendein Spielzeug, irgendein Halsband und irgendein Geschirr. Hier bei den Bindings (das ist ihr Nachname, jetzt weiss ich auch, dass Nora nicht die Abkürzung von Frau Lienert ist, sondern dass sie Nora Lienert heisst) bekomme ich nur neue, noch nie gebrauchte Sachen. Alles meins. Der erste Tag ist fast vorbei, ich bin etwas unruhig und nervös. Lea und Sonja sagen mir gute Nacht, später Irina ebenfalls. Nur Reto geht ohne ein Wort nach oben. Ob er immer noch sauer ist auf mich, wegen dem Malheur im Auto? Bald ist es ruhig im Haus, ich bin unheimlich müde, doch Schlaf finde ich trotzdem keinen. Also stehe ich auf und wandere durchs Haus. Erst nur unten. In der Küche riecht es nach Essen. Ist stehe am Tresen hoch und versuche eine Schüssel mit Fleisch und Teigwaren zu erreichen, welche Irina zum abkühlen neben dem Kühlschrank hingestellt und nur mit einem Kunststoffdeckel bedeck hat. Ich erwische sie und zerre sie hinunter. Es gibt einen dumpfen Schlag, die Schüssel ist ebenfalls nur aus Kunststoff. Der Deckel rollt weg, das Essen verteilt sich über den ganzen Fussboden. Mjammi, mir läuft das Wasser im Munde zusammen. Ich mache mich daran, das Fleisch herunter zu drücken, doch dann geht das Licht an, Reto kommt hustend die Treppe hinunter und brüllt mich an "geht's dir eigentlich noch gut du dummer Hund?" Er gibt mir einen Fusstritt, ich weiche irritiert zur Seite. Als er die Schüssel nach oben stellt, beginne ich, die Saucenspritzer aufzuschlecken. Gleich darauf hin hebt er den Deckel der Schüssel auf, aber anstatt diesen auf den Tresen zu legen, bekomme ich damit eines auf den Kopf. Aua! Inzwischen sind auch Irina und Sonja aufgestanden. Sonja sieht ihrem Vater Feindseelig ins Gesicht und schreit "hör auf Papa, er kann doch nichts dafür." Sie nimmt mich beim Halsband und führt mich zu meinem Bett. Dort setzt sie sich neben mich, krault mich am Hals und redet beruhigend auf mich ein. Langsam komme ich wieder zu mir, ich habe doch nichts Böses gewollt. Es roch einfach zu fein….

In der Ferne höre ich Irina und Reto streiten. Lea schläft. Sonja erzählt mir, dass Lea einen Tornado verschlafen würde. Man bringe sie nicht so schnell wach. Etwa eine Stunde später gehen alle wieder hoch, doch vorher zwingt Reto Sonja, mich anzubinden, damit ich nichts mehr anstellen kann. Ganz durcheinander von den schmerzenden Fusstritten gegen meine Hinterbeine, den Schlägen mit dem Deckel, aber auch den lieben Worten von Sonja schlafe ich schliesslich ein. Von Lea, die von alledem nichts mitbekommen hat werde ich am nächsten Morgen freudig begrüsst. Ebenfalls von Sonja, Irina kommt mich kurz streicheln, aber sie wirkt sehr verhalten.

In den nächsten Tagen darf ich einfach in den Garten, Lea und Sonja spielen oder kuscheln mit mir. Dies geniesse ich sehr. Eines Nachts, ich bin angebunden, muss ich raus. Ich weiss nicht was ich tun soll. Ich hoffe, Lea, Sonja oder Irina kommt und lässt mich in den Garten. Keiner kommt, nicht mal Reto. Ich kann es mir nicht mehr verkneifen und so mache ich gross und klein neben mein Bett, resp. so weit weg wie es halt eben mit der Leine geht. Ich rolle mich so klein es geht zusammen und hoffe, dass niemand böse auf mich ist. Natürlich hoffe ich vergebens, denn schon bald höre ich ein husten. Reto. Nein, bitte nicht! Doch auch dieses Gebet nützt nichts. Schon kommt er hinunter, sieht das Malheur und schreit wütend: "Iriiiiiiiiiiinaaaaaaaa, der Hund hat hinein gemacht!! Putz das weg! Sofort!" Ich versuche mich unsichtbar zu machen, aber mit einem schwarzen Pelz ist das gar nicht so einfach. Und schon hagelt es wieder Tritte und Schläge. Ich jaule auf vor Schmerz und bete, dass es bald aufhört. Lea schläft munter weiter, die hat es gut, denke ich. Dann höre ich Sonja weinen "Papa lass Hootch in Ruhe." Sie kommt zu mir und führt mich raus in den Garten. Wieder redet sie beruhigend auf mich ein. Und wieder höre ich Irina und Reto miteinander streiten. Mir gehen die Worte durch den Kopf, die ich als kleiner Welpe zu hören bekommen habe: "Wir werden geeignete Lebensplätze für ihre Tiere finden. Da werden sie gepflegt, geliebt, gefördert....." Nein, ich werde nicht von allen geliebt, von Tritten und Schlägen war niemals die Rede. Gehört das wirklich dazu? Zu einer eigenen Familie? So wie Nora und meine früheren Pfleger geredet haben, ist ein "eigenes zu Hause" etwas ganz Besonderes. Etwas Tolles. Aber ausser den Streicheleinheiten von Lea und Sonja finde ich es nun gar nicht mehr so toll. Eine weitere Nacht beginnt und ich bin schon von vorne herein angespannt. Hoffentlich passiert nichts. Aber natürlich sollte es dabei nicht bleiben. Ich habe gehört, wie Irina zu

Reto gesagt hat, dass sie die Türe offen lassen wird, damit sie höre, wenn ich raus muss. Als mir endlich die Augen zu fallen, muss ich auch schon wieder raus, die Aufregung war einfach zu viel. Jetzt kann ich Irina wecken gehen, sie hat ja extra die Türe aufgelassen. Doch halt, sie haben mich angebunden. Nach langem überlegen komme ich zu dem Schluss, dass ich meine Leine einfach durchbeissen muss, damit ich zu ihr gehen kann. Dies tue ich, gehe die Treppe hoch in ihr Schlafzimmer, stehe neben das Bett und nun ja, wie weckt man denn überhaupt einen Menschen? Ich versuche es mal mit leisem winseln, Reto soll ja nicht aufwachen. Zu früh gefreut, Irina wacht zwar auf und schaut mich irritiert an "Hootch, was tust du denn hier?", doch auch Reto erwacht, hustet und raunt Irina Feindseelig zu: "bring den Hund nach unten". Ich bin froh, dass sie dabei ist, wenigstens gibt es von ihr keine Schläge oder Tritte oder sowas. Sie führt mich hinunter, seufzend spricht sie "ach Hootch, wenn wir das gewusst hätten....", und lässt mich in den Garten. Der Rest der Nacht verläuft gut, ich bin nun so müde, dass ich wirklich einfach schlafen möchte, wobei mein eines Ohr immer gespitzt und auf der Hut ist. Ich hoffe immer, dass ich kein Husten vernehme. Kein Husten, kein Reto.

Mein erster Spaziergang mit den Bindings steht an, wobei Reto nicht mit dabei ist, worüber ich ganz froh bin. Irina führt mich an der Leine, sie hat eine grosse Keks-Tasche dabei (das gefällt mir ausserordentlich gut). Ich darf viel riechen und einfach alles Neue angucken. Die nächsten Tage und Nächte verlaufen gut, jedoch versuche ich Reto aus dem Weg zu gehen. Ich wünschte er wäre nicht da, dann wäre alles perfekt.

Eines Morgens bettelt Lea darum, dass sie mit mir alleine spazieren gehen darf. Irina muss nämlich ins Dorf hinunter zum einkaufen und Reto will uns nicht begleiten. Sie einigen sich darauf, dass sie darf, wenn Sonja mit dabei ist. Somit ziehen wir zu dritt los, eine wahre Freude. Lea hält mich an der Leine, um den Bauch hat sie eine Tasche gebunden, da sind viele Leckerchen drin. Kekse nur für Hootch. Sonja hat eine ganz lange Leine dabei und einen Ball. Was sie damit wohl vor hat? Wir laufen einem schmalen Weg entlang und da sehe ich sie. Eine riesengrosse Wiese. Sonja schnallt mir die lange Leine ans Halsband während sie Lea anweist, die andere los zu machen. Sonja hält das eine Ende, schaut mich an und meint: "So mein Junge, jetzt darfst du mal etwas rennen." Sie wirft den Ball und ich sogleich hinterher. Jaaaaaaa, das macht wirklich grossen Spass! Gegen Futter von Lea gebe ich Sonja sogar den Ball zurück. Wir spielen eine ganze Weile, die beiden Mädchen lachen. Gerade in diesem Moment bin ich glücklich. Doch dies sollte sich nur wenige Minuten nach diesem Glückseeligen Augenblick ändern.

Lea nimmt mich wieder an die normale Leine und Sonja wickelt die Spielleine wieder fein säuberlich auf und verstaut den Ball in ihrem Hündeler-Gilet. Anscheinend hat sie das neu erhalten, es hat ganz viele Taschen. Wir laufen denselben schmalen Weg zurück.

Ich bin etwas müde. Doch plötzlich kommt uns ein Pärchen mit einem anderen Hund entgegen. Dieser Hund starrt mich an, ich starre zurück und mache keinen Schritt mehr. Meine Beine werden steif und ich bin blockiert. Sonja und Lea habe ich vergessen. Ich merke nicht, wie Lea mich versucht wegzulocken. Es wird zu viel für mich gleich explodiere ich. Leider habe ich auch bei Herrn Portmann nie richtig gelernt, andere Hunde zu kreuzen. Ich beisse um mich, erst in die Leine, dann erwische ich Lea an der Hand. Lea schreit auf, Sonja versucht mich mit aller Kraft wegzuziehen. Der andere Hund verschwindet mit seinen Herren. Sonja nimmt mich ganz kurz, fragt Lea ob sie nach Hause laufen könne. Diese nickt nur unter Tränen. Ich wollte doch Lea gar nichts tun, sie ist doch ein so nettes Mädchen. Wir treffen gleichzeitig mit Irina –welche von ihrem Einkauf zurück kehrt- vor dem Hause ein. Irina, die sofort merkt, dass etwas nicht stimmt, springt aus dem Auto. Sie sieht sich kurz Leas Hand an, ruft Reto und innerhalb weniger Sekunden wurde ausgemacht, dass

Irina mit Lea in die Klinik fährt. Sonja begleitet die beiden. Ich werde Reto überlassen. Als das Auto mit Lea, Sonja und Irina weg ist dreht Reto völlig durch. Er schreit mich an, tritt mich, schlägt mich, dazwischen Hustenanfälle und dann das ganze wieder von vorne. Ich weiss nicht wie lange dies so geht, ich habe das Zeitgefühl verloren und ich habe Schmerzen. Doch versuche ich es stumm zu ertragen. Er zieht mich zu seinem Auto, wirft mich in den Kofferraum, geht wieder ins Haus, sammelt anscheinend alle meine neuen Sachen zusammen, denn ich sehe, wie er sie kurz darauf auf die Rückbank wirft. Die Fahrt verläuft unter weiterem Fluchen Retos, was ich doch für ein Scheusal sei und solche Sachen. Ich versuche ganz fest, mich kleiner denn je zu machen. Ich möchte weg aus dieser Situation. Reto nimmt das Telefon zur Hand, jemand nimmt ab, ich meine Noras Stimme zu erkennen und spitze meine Ohren. Ich getraue mich aber nicht aufzuschauen. Er sagt nur: "Der Hund hat meine Tochter gebissen, ich bringe ihn zurück, in zehn Minuten bin ich da." Ich höre, wie er sich zusammen reissen muss, dass er nicht ausfällig wird. Im Tierheim angekommen steht bereits Nora da und nimmt mich in Empfang. Werner ist auch da und redet mit Reto, der sich nach wie vor beherrschen muss. Nora führt mich weg, deswegen höre ich nicht, was die beiden Männer miteinander diskutieren. Ich denke aber, Reto erzählt nichts von den Tritten und Schlägen, ich glaube nicht, dass man das hier gut heissen würde. Kurz darauf finde ich mich in meinem alten Zimmer wieder. Nora bringt mir Wasser und etwas Futter. Ich lasse das Futter stehen, ich kann jetzt einfach nichts essen. Ich lege mich hin, die Augen offen und starre in meine Ecke. Noch vor zwei Wochen habe ich ebenfalls in die Ecke geschaut und mir ausgemalt, wie schön es doch wird, in meinem zu Hause, bei meiner eigenen Familie.

Ein paar Tage der Lustlosigkeit meinerseits kommt Nora zu mir, setzt sich hin und erklärt mir, ich sei "unvermittelbar". Das Wort habe ich schon einmal gehört. Sie erklärt mir, dass ich dennoch eine letzte Chance bekäme, aber nicht bei Ihnen. Ich würde noch einmal umziehen und zwar in das Tierheim mit dem Namen "Paradiesli". Es befindet sich in Ennetmoos im Kanton Nidwalden.

Kapitel 3

-Das dritte Tierheim-

Einen Tag später ist es dann schon soweit. Nora verabschiedet sich von mir und sagt mir, ich solle die Chance packen. Die Autofahrt verläuft gleich wie die letzten auch, aber es ist mir egal.

Im Tierheim Paradiesli angekommen, werde ich sogleich von zwei Pflegerinnen in Empfang genommen. Das hebt meine Laune zusehends, denn sie sind sehr freundlich, freuen sich mich zu sehen obwohl sie mich doch gar nicht kennen. Auch hier komme ich erst in Quarantäne, danach bekomme ich eine eigene "Boxe", wie sie hier die Zimmer nennen. Es ist grösser und heller als mein letztes. Es gefällt mir hier besser. In den nächsten Wochen lerne ich andere Hunde kennen im Auslauf, meistens sind das Hündinnen, mit denen verstehe ich mich besser als mit den anderen Rüden. Auch hier kommt eine Trainerin vorbei, ich bin ehrlich gesagt froh, dass es eine Frau ist. Wir unternehmen einige Sachen zusammen, leider passiert mir auch hier das Missgeschick mit dem "Frustbeissen", wie man es hier nennt. Doch hier sind sie niemals böse auf mich. Zudem arbeiten hier alles nur Frauen. Und hier üben sie mit mir das Auto fahren. Ich fahre immer noch nicht gerne, aber es wird von mal zu Mal besser. Ich höre meine Pflegerinnen darüber diskutieren, dass ich ins Patenschaftsprogramm aufgenommen werde. Ich frage mich wieder einmal mehr, was denn das nun wieder ist?

Ich bin jetzt etwa 4 Monate hier. Heute werde ich hübsch gemacht. Man erzählt mir, ich werde heute gefilmt. Ich frage mich, ob ich nun ein Filmstar werde? Doch nein, sie erzählen sogleich weiter, dass ich dann im Fernsehen oder sowas gezeigt werde und man vielleicht auf diese Weise jemanden für mich finden werde. Ebenfalls würde ich für ein Heftchen abgelichtet werden. Ich würde eine eigene Seite bekommen. Dieser Tag wird anstrengend, Hootch mach dies, Hootch mach das. Aber ehrlich gesagt macht es auch ziemlich Spass, denn ich darf wieder mit dem Balli spielen und ich bekomme ganz viele leckere Kekse, immer wenn ich etwas gut mache.

Die Zeit vergeht wie im Fluge. Eine der Pflegerinnen meinte mal vor meiner Boxe zu einer anderen: "Hootch hat so viele Anfragen, aber wie die sich anhören kommen sie einfach gar nicht in Frage für einen solchen Hund, wie er es ist. Dabei hätte er es wirklich verdient. Auf der Homepage vom letzten Tierheim steht sogar, er sei platziert. Nun ja, er ist hier bei uns im Paradiesli platziert und darf natürlich hier leben, aber ein eigenes zu Hause würd ihm schon gut tun." Die andere meinte darauf hin: "Du wirst sehen, irgendwann kommt die richtige Person für ihn."

Und wieder denke ich: "Wir werden geeignete Lebensplätze für ihre Tiere finden. Da werden sie gepflegt, geliebt, gefördert….." Ich hoffe, es wird nicht genau so wie beim letzten Mal, da würde ich lieber hier bleiben.

Mittlerweile ist es Herbst, bald schon Winter und ich erhalte Besuch von einem Pärchen mittleren Alters. Man darf mit mir spazieren gehen, doch gleich bei der zweiten Hundebegegnung passiert mir das, dass ich sie zwicke. Sie bringen mich zurück ins Paradiesli und kommen nicht mehr wieder. Wie soll ich dieses Problem denn in den Griff kriegen? Meine Trainerin übt das ja schon mit mir, aber halt nicht jeden Tag und manchmal vergesse ich mich einfach wieder.

Ein weiteres Paar, ich finde es ganz nette Menschen, kommen mich besuchen. Sie sind total angetan von mir. Ich darf raufstehen, werde gekrault und sie finden meine Ohren super. Naja, das finde ich auch, ohne sie würde ich schliesslich nichts hören. Beim zweiten Besuch gehen wir zusammen spazieren. Es war toll, wir treffen niemanden an. Eine Woche später kommen sie noch einmal, es wird ebenfalls ein toller und einsamer Spaziergang. Ich denke für mich, dass dies was werden könne. Doch dann höre ich, wie die Tierheimleiterin dem Pärchen klar zu machen versucht, wie ich eben "austicken" könne. Da sie dies nicht glauben wollen, werde ich nicht dahin vermittelt. Meine Pflegerinnen haben Angst, dass dann etwas passiert und ich schon wieder zurück kommen würde. Nicht weil sie mich nicht gerne hier hätten, sondern weil ich genug Umzüge hinter mir hätte. Langsam verliere ich die Hoffnung und auch hier habe ich mir eine Ecke gesucht, die ich einfach anschauen und vor mich hin träumen kann.

Die Zeit vergeht, niemand besucht mich mehr, bis eines Tages im Januar 2016 Steffi zu mir kommt und erzählt, dass jemand vorbei kommen wird in drei Tagen. Sie hätten eine sehr lange Email erhalten von einer Person und das darauf folgende Telefonat hätte diese Person ebenfalls nicht abgeschreckt, sie wolle mich kennen lernen. Ich werde nervös vor Aufregung, denke an meine letzte Familie und schon schwindet meine Euphorie auch schon wieder. Ich darf gar nicht daran denken, dass ich doch noch ein tolles zu Hause finden werde, ich darf gar nicht hoffen.

Kapitel 4
-Frauchens Geschichte-

Es ist Winter und kalt. Weihnachten ist gerade vorbei. Ich liege auf meinem Sofa unter einer Decke, den Laptop auf dem Schoss. Xena, meine Malinoishündin liegt ausgestreckt auf meinen Beinen. Wir sind von unserem kurzen Spaziergang zurück. Sie ist schwer krank, hat bösartige Tumore und ist eigentlich viel zu jung, um die Reise über die Regenbogenbrücke antreten zu müssen. Sie ist noch nicht einmal neun Jahre alt.

Seit einem Jahr bin ich auf der „Warteliste" für einen holländischen Schäferhund. Eine Hündin sollte es werden, von einer Züchterin, welche ich schon lange kenne und viele meiner Einstellungen und Ansichten über die Hundezucht und Hundehaltung teilt. Eigentlich wollte ich diese Hündin zu Xena hinzu nehmen, doch manchmal kommt es dann doch ganz anders, als man es geplant hat. Vor sieben Wochen wuchs bei Xena innerhalb weniger

Stunden einen Knubbel am Hals. Selbstverständlich kontaktierte ich sofort den Tierarzt, nach sämtlichen Abklärungen hatte ich die niederschmetternde Diagnose. Da alles bereits so verwachsen war, habe ich mich mit meinen Tierärzten zusammen nach einer erfolglosen Operation entschieden, dass wir sie palliativ behandeln. (Cortison und Mistel-Therapie, wie natürlich auch Schmerzmittel wenn nötig). Heute geht es ihr sehr schlecht und ich weiss, dass die Zeit gekommen ist.

Vor ein paar Tagen habe ich im Facebook gesehen, dass Beatrice A. einen Hund aus irgendeinem Tierheim geteilt hat. Anscheinend hat sie eine Patenschaft für ihn übernommen. Er ist Schwarz, hat eine weisse Brust und Fledermausohren. Ich mag Fledermäuse.

Ich bin unendlich traurig über den Verlust von Xena. Sie war meine grösste Lehrmeisterin, meine XXL-Rüdin (68cm Schulterhöhe), draussen total durch geknallt und zu

Hause das vermuseste Malitier, dass es wohl auf Erden gab.

In den nächsten Tagen versuche ich mich abzulenken, unternehme möglichst viel. Ich will im Moment keinen Hund mehr, der Schmerz und die Trauer um Xena ist viel zu frisch und sitzt sehr tief. Und bis zu „meinem Holländer" dauert es mindestens noch ein Jahr.

Doch diese eine innere Stimme flüstert mir immer und immer wieder ins Ohr: „Der Fledermaushund".

Ich habe keine Ahnung in welchem Tierheim der Hund ist, habe überhaupt keine Ahnung von ihm und hübsche Hunde hat es an jeder Ecke. Zudem bin ich eigentlich eher „Schäfer-fixiert". Irgendwann wache ich in der Nacht auf, es sind immer noch Weihnachtsferien. Es ist zwei Uhr in der Früh. Getrieben von einer Kraft, die ich mir nicht erklären kann, gehe ich in die Küche, mache mir einen Tee und setzte ich mich an meinen Laptop. Dann rufe ich das Facebookprofil von Beatrice A. auf. Ich scrolle soweit hinunter, bis ich finde, wonach ich suche. Da ist er, der Fledermaushund. Mich selber scheltend schliesse ich den Laptop und sage laut zu mir selber, „spinnst du eigentlich?" Ich gehe wieder zu Bett, doch schlafen kann ich nicht mehr.

Wider aller Vernunft schreibe ich Bea eine Nachricht, was es denn mit diesem Fledermaushund auf sich hat für den sie eine Patenschaft übernommen habe. Umgehend erhalte ich eine Antwort von ihr, in der sie schreibt, sie habe eine Patenschaft für diesen Hund übernommen, respektive, sie habe sich eine solche als Weihnachtsgeschenk gewünscht. Ihre eigene Hündin stamme vom selben Tierheim. Des Weiteren erfahre ich, dass der Rüde Hootch heisst und sich im Tierheim Paradiesli in Ennetmoos befindet.

Mit gemischten Gefühlen besuche ich dann endlich die Homepage des Tierheims und sehe mir seine Vermittlungsseite an. Wieder schliesse ich den Laptop und denke nein. Es ist schwierig, wenn der Verstand nein sagt und einem doch immer wieder eine innere Stimme –vielleicht ist es auch die des

Herzens- ins Ohr flüstert "der Fledermaus-hund, Hootch. Schreibe diesem Tierheim".

Am nächsten Tag drucke ich die Vermittlungsseite aus, besuche meine Eltern, welche ca. dreissig Autominuten von mir entfernt wohnen und zeige meiner Mam ein Foto von Hootch. Sie behauptet, dass sie genau diesen Hund in einer Zeitschrift gesehen hätte im Sommer 2015. Sie meinte, er würde unserem ehemaligen Rüden ähnlich sehen. Neugierig durchforste ich darauf hin online das Archiv dieser Zeitschrift und finde einen schwarzen Hund, der unserem ehemaligen Rüden wirklich sehr ähnlich sieht, doch das war nicht Hootch. Ich zeige ihr diesen Hund, sie jedoch sagt mit einer ungeheuren Bestimmtheit: „Nein, nicht den, ich habe Hootch gesehen." Nun ja, denke ich für mich. Dann mein du halt noch etwas weiter ….

Ca. einen Monat später werde ich erfahren, dass sie eben doch genau den Hootch gesehen und sich an ihn erinnert hat. In einer weiteren Zeitschrift auf dieser Hundevermittlungsseite taucht nämlich eine kleine Seite auf und da steht irgendwas von „dieser Hund –Hootch- war im Sommer auch schon ausgeschrieben"….

Wieder ein paar Tage vergehen, es ist bereits Januar. Schliesslich überwinde ich mich und schreibe dem Tierheim Paradiesli meine ganze (Hunde-) Geschichte und auch, dass mich der Gedanke an den Hootch irgendwie nicht mehr los lässt. Auf eine unerklärliche Art und Weise, denn ich kenne ihn ja gar nicht. Kurz darauf bekomme ich eine Antwort, ich solle mich doch telefonisch bei ihnen melden, was ich gleich darauf tue. Das Gespräch dauert lange, sie erzählen mir alles was sie wissen über Hootch, auch über die Frustbeisserei. Ob ich mir denn trotzdem vorstellen könne, mit ihm und seiner Baustelle (allenfalls werden es noch mehrere, die er im Tierheim einfach nicht zeigt/ zeigen kann) zu Recht zu kommen. „Ja, ich kann".

Und dann kommt der Samstag, an dem sich unsere Wege das erste Mal kreuzen…

Kapitel 5

-Das erste Treffen-

Es ist Samstagnachmittag, Steffi kommt zu mir in die Boxe und sagt zu mir "komm Hootch, da möchte dich eine Frau kennen lernen." Puuuuh, eine Frau, kein Mann ist dabei, das gibt mir Hoffnung. Steffi bringt mich in den grossen Auslauf, da steht sie, die Frau von der sie geredet hat.

Sogleich renne ich auf diese Frau zu –Steffi nennt sie Gabi- und stehe an ihr hoch. Doch was macht diese? Sie dreht sich weg und beachtet mich nicht. Häääää, geht's noch? Ich dachte, sie will mich kennen lernen. Ob ich Steffi falsch verstanden habe? Ich probiere es wieder und wieder. Steffi redet mit Gabi, die ganze Zeit. Na dann setz ich mich halt mal neben sie. Oh, jetzt bekomme ich Aufmerksamkeit. Gabi redet mit mir, streichelt mich. Toll. Ich glaube rauf stehen ist nicht so ihr Ding, denn dies verbietet sie mir gleich von Anfang an. Wir befinden uns etwa eine Stunde lang im Auslauf, diese Gabi stellt Fragen, Steffi erzählt. Leider höre ich, wie sie Gabi auch die nicht ganz so tollen Dinge über mich erzählt. Hey, nicht! Psssst! Du vertreibst sie doch gleich wieder! Natürlich versteht mich Steffi nicht und erzählt munter weiter. Nach ca. einer Stunde verabschiedet sich Gabi von mir und sagt "vielleicht bis bald Hootch." Steffi bringt mich zurück in die Boxe und meint "so schlecht lief es doch gar nicht und ausserdem hat sie dir immerhin schon mal Grenzen aufgezeigt" und lacht. Aber ich bin jetzt über 6 Jahre und 6 Monate alt, ich getraue mich nicht mehr, mir wieder etwas Tolles auszumalen.

Eine Woche Später holt mich die Tierheimleiterin aus der Boxe. Sie heisst auch Sonja, wie das eine Mädchen aus der ersten Familie, wie ich mich erinnern kann. Sie sagt, ich dürfe spazieren gehen. Ich gehe davon aus, dass mich meine Trainerin abholt. Doch da steht jemand ganz anderes. Da steht doch tatsächlich Gabi, ich freue mich sehr sie wieder zu sehen. Trotz des Hochsteh-Verbotes... Diese Freude beruht allerdings auf Gegenseitigkeit. Sonja erklärt Gabi den

Weg, den wir nehmen können, er dauere ca. 30min. Schnell merke ich, dass ich bei Gabi nicht einfach machen kann, was ich möchte. Sie verlangt nicht sehr viel von mir, aber gewisse Regeln herrschen, das merke ich sofort. Zudem hat sie ganz viele leckere Kekse bei sich in den Taschen. Sie hat so eine Hündeler-Winterjacke, wie sie sie nennt, da hat es viele Taschen und in jeder steckt etwas. Ich bekomme sehr viele aufmunternde Worte. Ich glaube immer dann, wenn ich etwas so gemacht habe wie sie es wollte. Dazu gibt's Kekse. Mjammi. Ich laufe schön neben ihr her und ich ziehe nicht an der Leine. Darüber freut sie sich unheimlich. Der Spaziergang verläuft super, bis uns schliesslich ein Pferd entgegen kommt. Ich habe Angst vor Pferden und das "klipp-klapp" auf dem Asphalt macht mich rasend. Gabi versucht mich davon wegzulenken, doch wir stecken quasi in einer Sackgasse und ich verspanne mich, vergesse, dass Gabi da ist und stehe bockstill, bis das Pferd so nahe ist und ich innerlich wieder einmal fast explodiere. Ich greiffe mit meinen

Zähnen nach der Leine, erwische sie aber nur halbwegs. Ich schnappe erneut danach, doch ich erwische Gabis Arm. Sie schreit mich nicht an, sie versucht mich zu beruhigen, was ihr dann schliesslich auch gelingt. Sie sagt in einer Seelenruhe zu mir "komm Hootch, wir gehen jetzt den Stess abschütteln" und sie geht ein paar Runden mit mir, bis ich mich schliesslich schüttele. "So ist's besser, nicht?". Es ist wirklich besser, ich bin wieder klar im Kopf und bin ihr sehr dankbar, dass sie mich weder anschreit noch tritt noch sonst etwas Übles kommt von ihr. Im Gegenteil, ich höre von ihr nur beruhigende Worte. Trotzdem, ich habe sie erwischt und auch wenn sie sich jetzt ruhig gibt, sie wird mich nicht mehr sehen wollen. So geht das allen Menschen, die je Interesse an mir gezeigt haben. Wieso sollte es bei ihr auch anders sein. Zurück im Tierheim Paradiesli fragt Sonja wie es gelaufen sei. Gabi meint nur "er hat mich erwischt, als ein Pferd auf uns zu kam." Ich sehe Sonja an, dass sie dasselbe denkt wie ich, nämlich, dass es dies dann wohl gewesen sei. Sonja fragt ob es schlimm sei, doch Gabi winkt ab und was darauf folgt irritiert mich unheimlich, ich glaube Sonja ist auch etwas erstaunt darüber: "Naja, jetzt weiss ich wenigstens gleich worauf ich mich mit Hootch einlasse und so können wir daran arbeiten." Habe ich das richtig gehört? Sie kommt wieder? Sie hat mich nicht gleich aufgegeben?

Ein paar Tage später erzählt mir Sonja, dass sie ausgiebig mit Gabi gesprochen hätte und dass wir das versuchen werden. Natürlich gäbe es erst ein Probeweekend. Bis dahin kommt Gabi noch drei Mal mit mir spazieren. Ich zeige mich von meiner besten Seite. Ich bekomme neues Futter, Gabi hat dies gebracht, sie findet, ich solle doch hier das neue Futter schon erhalten, nicht, dass ich mich bei ihr eingewöhnen muss und auch noch gleich ein neues Futter erhalten würde. Es schmeckt mir ausgezeichnet. Dann kommt der Tag, an dem ich sie bei sich zu Hause besuchen darf. Sie führt mich auf den Parkplatz und oh Schreck. Ein Auto! Autofahren. Hilfe! Der Kofferraum ist bereits offen, ich will da nicht rein! Nachdem auch ganz viele Kekse nicht helfen erklärt sie mir, dass sie mich jetzt hoch und in den Kofferraum hebt. Ich finde das gar nicht cool, aber sie macht dies mit einer solchen Ruhe und Selbstverständlichkeit, dass ich es ihr nicht übel nehmen kann. Im Kofferraum angekommen gibt es nämlich schon wieder einen Keks. "Braver Junge" meint sie nur. Ich habe gehört, wie sie den Pflegerinnen gesagt hat, dass sie extra Decken ins Auto gelegt hätte, anscheinend haben die ihr von meinem Autofahr-Problem erzählt. Die könne man ja waschen. Schliesslich dauere die Fahrt eine Stunde. Ich bin fest entschlossen, diesmal nicht zu erbrechen. Gabi ist mir bereits ans Herz gewachsen und ich will sie nicht enttäuschen. Es gelingt mir sogar, ich behalte alles bei mir. Ganz wohl ist mir natürlich nicht, aber es geht schon. Dort angekommen gehen wir erst einmal kurz aufs Feld, damit ich mich lösen kann. Danach zeigt sie mir die Wohnung und meine Schlafplätze. Eines der Betten liegt bei ihr im Schlafzimmer, eines in der Stube. In den anderen beiden Zimmern liegt jeweils eine Decke für mich auf dem Fussboden. Hier darf ich ganz alleine durch die Wohnung streifen, doch am liebsten bin ich da, wo auch Gabi ist. Wir verbringen tolle zwei Tage mit Spaziergängen und Fussbodenkuscheln. Ich fühle mich sehr wohl in ihrer Nähe, mir kommen wieder jene Worte in den Sinn: "Wir werden geeignete Lebensplätze für ihre Tiere finden. Da werden sie gepflegt, geliebt, gefördert....." genau so, habe ich mir das vorgestellt.

Doch wie könnte es so einfach sein in meinem Leben, natürlich würden noch einige Hürden zu nehmen sein.

Leider ist bereits Sonntag und meine Tage hier sind vorbei. Diesmal steige ich ohne wenn und Aber ins Auto, kaum ist der Kofferraumdeckel offen. Ebenso geht auch das fahren besser, ich glaube das liegt daran, dass ich etwas entspannter bin, als bisher. In den nächsten Wochen kommt sie mich oft besuchen und wir gehen spazieren. Es folgen weitere drei Tage Ferien bei ihr zu Hause, welche auch einwandfrei verlaufen.

Danach kommt sie noch einmal vorbei und hat eine Kollegin mit Hund dabei. Anscheinend hat sie meine Pflegerinnen vom Paradiesli gefragt, ob wir zusammen spazieren gehen dürfen, ich hätte in Zukunft wohl mehr mit diesen Beiden zu tun. Die Frau heisst Caro V. und den Rüden nennen sie Benji. Er ist ebenfalls kastriert und er interessiert sich genau so wenig für mich, wie ich mich für ihn. Deswegen finde ich ihn super! Wir sind etwa eine Stunde unterwegs, da höre ich ein Pferd. Gabi weist Caro V. an, sie solle bitte zur Seite gehen mit Benji, da man nicht genau wisse, wie ich reagiere. Die Reiterin kommt mit ihrem Riesentier näher und obwohl sie sieht, dass ich mit total unwohl fühle trabt sie in einem sehr schnellen Tempo an uns vorbei. Ich beisse um mich, erwische Gabi am Bein, gehe nach vorne, erschrecke das Pferd. Gabi jedoch hält mich kurz an der Leine, das Pferd nimmt einen Satz und die Reiterin muss sich gut fest halten. Als sie weg ist, dreht Gabi wieder ein paar Runden mit mir. Genau so wie bei unserem ersten Spaziergang. Caro V. ist schockiert ab mir und verblüfft über Gabis coole Reaktion. Wir gehen ohne weiteren Zwischenfall zurück zum Paradiesli. Caro bringt Benji ins Auto und kommt dann mit uns hinein, um mich zurück zu bringen. Gabi meint zu mir "so, das war nun unser letzter Spaziergang hier." Mein Herz pocht und das Blut gefriert in meinen Adern. Das war wohl doch einmal zu viel des Guten. Sie will mich nicht mehr. Traurig über diese Nachricht lege ich mich hin und schaue zu meiner Ecke hoch.

Kapitel 6

-Die zweite Vermittlung-

Ich habe mich geirrt. Gabi hat anscheinend nicht gemeint, dass dies unser allerletzter Spaziergang wäre, sondern, dass sie mich nun nicht mehr hier besuchen kommen muss weil sie mich nun ganz zu sich holen würde. Vorher konnte sie keine Ferien nehmen, da ich etwas ungeplant in ihr Leben getreten bin. Aber nun hat sie Ferien und mein, respektive unser grosser Tag ist gekommen. Mein Umzug in mein "forever home", wie sie es hier im Paradiesli nennen. Meine Pflegerinnen geben Gabi einen grossen Sack mit, welchen sie schon mal ins Auto bringt. In der Zeit verabschieden sich meine Pflegerinnen von mir. Immerhin war ich jetzt ein ganzes Jahr da und bin nun sechs Jahre und fast acht Monate alt. Gabi verabschiedet sich und führt mich zum Auto. Da kommt meine Trainerin, sie redet mit Gabi und streichelt mich. Doch ich habe keinen Kopf mehr für sie, ich will jetzt einfach nur noch ins Auto hüpfen und heim fahren.

Dass ich dies einmal sagen kann, ich gehe nach Hause. Wirklich und richtig nach Hause. Ich wagte es nicht mehr zu hoffen.

Wie die beiden Male zuvor, als ich bei ihr war, geht sie mit mir erst kurz raus zum versäubern. Aber etwas ist dennoch anders. Gabi ist krank, sie hat starken husten.

Dennoch wollte sie mich holen, ich müsse ja erst einmal richtig ankommen, das ginge schon.

Jetzt darf ich richtig einziehen, wobei ich meine zwei Betten und mein Fress- und Trinknapf ja schon kenne. Auch Spielzeug liegt bereit.

Mein neues Frauchen meint, ich solle mich erst einmal in Ruhe hier einleben dürfen. Sie –ebenfalls Müde von der Autofahrt- legt sich aufs Sofa, zieht eine Decke über sich und ruft mir zu „komm Hootch". Ich darf da hinauf, so schön. Ich rolle mich ein und kuschle mich fest an sie. Doch dann beginnt sie zu husten. Aufgeschreckt dadurch springe ich sofort ab dem Sofa und renne davon. Husten bedeutet für mich Schläge und Fusstritte, doch nichts davon erhalte ich von ihr. Sie schaut mich an und fragt „habe ich dich erschreckt? Komm wieder rauf, kannst hier weiter schlafen." Das lasse ich mir nicht zweimal sagen.

Doch in den nächsten Tagen wird ihr bewusst, dass ich nicht einfach nur erschrocken bin, sondern dass ich das Husten mit etwas ganz schrecklichem verbinden muss. Denn sie schaut mich mit traurigen Augen an und sagt: „Ach Hootch, dir muss ja schlimmes wiederfahren sein, wenn du auf ein kleines Husten dermassen panisch reagierst." Wie recht sie hat, wird sie nie erfahren.

Nach etwa vier Tagen schreibt Gabi eine Email an das Tierheim Paradiesli, erzählt von unseren Anfängen und schickt Bilder mit. Darauf hin passiert etwas, worüber sich Gabi unheimlich freut. Auf der Homepage vom Paradiesli stehe ich nun unter „vermittelt" und meine Pflegerinnen haben einen schönen Text dazu geschrieben, welche ich niemandem vorenthalten möchte:

„Heute ist einer der Tage, an dem wir unseren Job lieben!

Es ist einer der Tage, der uns motiviert und glücklich macht. Unser Sorgenkind Hootch, der noch nie ein eigenes Zuhause hatte, hat SEINE Menschen gefunden!!!
Wir hatten Hootch von einem anderen Tierheim übernommen, weil er dort schlicht keine Chancen auf Vermittlung hatte.

Auch bei uns musste der liebe Hootch lange warten.
Doch dann war der Tag da und geniale Menschen haben sich in ihn verliebt. Endlich – endlich wird Hootch erfahren wie es ist, wenn jemand hinter einem steht und sagt, das ist MEIN Hund. Endlich – endlich darf er erleben, wie schön es ist ein ZUHAUSE zu haben.

Wir sind einfach nur glücklich. Hootch ist uns ans Herz gewachsen, aber dennoch freuen wir uns einfach nur für IHN. Machs gut lieber

Hootch und geniesse Dein Leben mit einem
Zuhause, mit Liebe und mit Zuneigung!"
Text: Tierheim Paradiesli, Ennetmoos

In den folgenden Wochen lerne ich, alleine zu bleiben. Selbstverständlich erst nur ein paar Sekunden, dann eine Minute etc.

Doch ich habe mich so schnell an mein neues Frauchen geklammert, ich will nicht alleine sein. Ich kann nicht alleine sein! Ich entwickle eine Zerstörungswut und zerstöre erstmals die eine Zimmertüre, eine Hunde-Alu-Autobox und noch einiges mehr in ihrer Wohnung und innert kürzester Zeit. Ich will doch nur, dass sie mich nicht verlässt. Doch habe ich Angst, dass sie genau dies tut, nach meinen Taten.

Sie meint jedoch nur: "Ach je Hootch, hoffentlich hast du dich nicht verletzt", und ich darf mich in ihre Arme kuscheln, nachdem sie mich erst untersucht und dann die Sauerei beseitigt hat.

Kapitel 7
-Frauchens Eltern-

Mein Frauchen sucht nach einer Lösung, besucht mehrere Hundesitter und die einen wollen mich nicht und die anderen glauben meinem Frauchen nicht, dass ich bin, wie ich eben bin. Da sie alles unternimmt, das nichts passiert, weder mit anderen Hunden noch mit fremden Menschen, bringt sie mich erstmals zu ihren Eltern, wenn sie auf der Arbeit ist. Irgendwer muss ja schliesslich mein Futter verdienen gehen. Ich mag vor allem mein Omafrauchen sehr gut. Das Oma-herrchen ist auch nett, aber er ist ein Mann und seit der Geschichte mit Reto, habe ich Angst vor Männern, wenn sie eine gewisse Bewegung machen. Ich bin entschlossen mich zu wehren, wenn wieder mal so etwas passiert.

Doch wenn Gabi auf Arbeit ist, dann bin ich ziemlich gestresst, ich kann mich einfach nicht ruhig hin legen, obwohl ich eigentlich weiss, dass sie am Mittag immer mit mir spazieren kommt und am späteren Nachmittag mich wieder ganz abholt.

Eines Tages, ich halte es nicht mehr aus ohne sie, öffnet Opaherrchen die Türe um die Zeitung aus dem Briefkasten zu nehmen. Der Briefkasten ist in die Wand vor der Haustüre eingelassen. Ich sehe meine Chance und schlüpfe hinaus und mache mich auf die Suche nach meinem Frauchen. Ich renne den Weg hinunter über die Hauptstrasse, ich höre wie einige Menschen schreien, Autos hupen. Ich renne einfach weiter. Ich muss sie finden! Etwa fünfundvierzig Minuten später sieht mich Opaherrchen, kann mich anleinen und er führt mich wieder zurück. Omafrauchen ist ganz aufgeregt. Keine zehn Minuten später kommt mein Frauchen um mich abzuholen. Nachdem sie hört, was passiert ist sagt sie mit tadelnder Stimme zu mir: „Mensch Hootch, was da alles hätte passieren können!" Auch wenn es ein Vorwurf ist, ich glaube sie sind alle nur froh, dass ich wieder zu Hause bin.

In den folgenden Wochen warte ich schön brav auf mein Frauchen, aber ich habe es immer noch nicht gerne, wenn sie geht. Sie hat mir erzählt, dass sie auf Arbeit nachgefragt hätte, ob sie mich mitnehmen dürfe, aber dies ginge leider nicht.

Und dann kam wieder mal ein Tag, der meinen Leben eine neue Wendung gab. Es ist fast Mittag, ich bin bei den Eltern meines Frauchens und Opaherrchen macht eine komische Bewegung, jedenfalls in meinen Augen. Eigentlich will er nur an mir vorbei und die Treppe hinunter in die Küche. Doch habe ich mir geschworen mich zu wehren wenn ich Angst bekommen würde. Da mich eine gewisse Bewegung an Reto erinnert und ich glaube, er will mich treten, gehe ich nach vorne. Das war's dann wohl, die Zeit bei ihren Eltern zu Hause.

Ich höre, wie Gabi telefoniert, ich meine die Stimme von Sonja, der Tierheimleiterin zu hören.

Als sie aufgelegt hat, wählt sie gleich noch einmal eine Nummer und erzählt jemandem, ich glaube es ist Caro, von meiner Missetat. Ich meine auch zu hören wie sie weint und fragt, wie sie einen solchen Hund nur hat nehmen können. Ganz sicher bin ich mir aber nicht, denn nach wie vor ist sie sehr freundlich zu mir.

Kapitel 8

-Zurück im Tierheim-

Mein Frauchen weckt mich ganz früh, aber ich will doch ausschlafen. Wir gehen kurz spazieren, danach machen wir einen Ausflug mit dem Auto. Nach einer Stunde Autofahrt, parkiert mein Frauchen auf einem mir nur all zu bekannten Parkplatz. Es ist der Parkplatz vom Tierheim Paradiesli. Ich weiss, dass ich sehr viel Mist gebaut habe und nun bringt sie mich wieder zurück. Meine Pflegerinnen sind super, aber ein eigenes zu Hause war noch viel schöner. Ich könnte heulen. Mein Frauchen hat auch einen Futtersack dabei, ich denke sie gibt meinen Pflegerinnen noch den Rest mit, damit ich mich nicht gleich auch noch wieder umstellen muss, was mein Futter betrifft. Aber irgendwie ist mir der Appetit sowieso vergangen. Ich habe mich bereits so fest an meine Herrin gewöhnt, sie war die erste, die nicht gleich von Anfang an kapituliert hat. Sie hat immer hinter mir gestanden. Auch wenn ich weiss, dass ich kein einfacher Hund bin schmerzt es, die Gewissheit zu haben, dass sie mich wieder verlässt. Gerade als ich beschlossen habe, ihr langsam zu vertrauen. Gabi führt mich vom Parkplatz die Einfahrt entlang zum Eingang des Tierheim Paradiesli. Eine meiner ehemaligen Pflegerinnen begrüsst mich freudig, ich sie ebenso. Ich freue mich wirklich sehr sie zu sehen, das tröstet mich etwas über den Abschied hinweg.

Mein Frauchen redet mit der Pflgerin, sie komme mich am Freitagabend wieder abholen. Ich spitze meine Ohren. Ob ich dies wohl richtig verstanden habe? Oder lügen meine Ohren mich an?

Dann beugt sich mein Frauchen zu mir herunter, krault mich, fährt mir über die Flanke und sagt zu mir: „Machs gut mein Junge, bis am Freitag dann." Was für eine Erleichterung! Sie will mich gar nicht wieder abschieben. Bald darauf erklärt mir eine der Pflegerinnen, dass dies so im Moment die einzige Möglichkeit sei, dass ich die Tage an denen sie arbeitet hier verbringen darf. Da ich mich ja sonst bei keinem Hundesitter wohl fühlen würde und dauergestresst wäre. Da hat sie nicht ganz unrecht, mich kann man wirklich nicht einfach jemandem bringen und denken, dies geht dann schon. Tut es eben nicht.

Die Zeit vergeht schnell und schon steht Gabi wieder da, begrüsst mich voller Freude. Ich bin sehr froh sie wieder zu sehen und einfach nur glücklich, dass ich wieder mit ihr nach Hause darf. An den Wochenenden ist sie immer für mich da, ich darf überall hin mit. Und im Auto kann ich sogar warten, da weiss ich, dass sie wieder kommt. Ich lerne neue Kommandos, wir unternehmen Spaziergänge, die immer länger werden und wir spielen auch viel zusammen. Das Kuscheln kommt natürlich auch nicht zu kurz. Leider hat es auch im Paradiesli noch andere Tiere, die betreut werden wollen, und somit kam ich immer zu kurz, wie ich finde. (Anmerkung des Frauchens: Hootch findet, tagtäglich vierundzwanzig Stunden kraulen, streicheln und kuscheln wäre das Minimum!)

Wir trainieren auch Hundebegegnungen und damit ich niemanden mehr –ob Mensch oder Tier- verletzen kann, trage ich nun draussen einen Maulkorb. Ich finde den nicht ganz so toll, aber ich verstehe es ja irgendwie und somit mache ich meinem Frauchen halt diesen Gefallen. Manchmal, wenn wir auf einer grossen Wiese sind, die überschaubar ist, zieht sie ihn mir aus und wir spielen zusammen. Oder sie nimmt wie Sonja damals in meiner ersten Familie die lange Leine hervor und wirft mir den Ball. Daran habe ich am meisten Freude, denn Arbeiten finde ich doof. Hundesport, bäääh. Wozu soll das gut sein?

An einem Samstagmorgen fahren wir früh los. Wir holen Benji und Caro ab und fahren weiter in die Ostschweiz. Dort treffe ich das erste Mal auf Anina und Molly. Anina kennt Gabi anscheinend von früher und Molly ist eine hübsche Bodercolliehündin mit ganz vielen flauschigen Haaren. So richtig plüschig sieht sie aus. Mein Frauchen erklärt mir, dass Anina Molly ebenfalls aus einem

Tierheim adoptiert habe. Auch sie sei nicht unbedingt eine einfache Hündin. Wir machen einen Spaziergang, Frauchen ist etwas unsicher, denn wie sie feststellt ist ihr mein Maulkorb bei Caro zu Hause aus dem Auto gefallen. Prompt treffen wir einen herrenlosen Streuner, welcher sich an uns heranschleicht. Doch die drei Frauen machen das prima mit dem fremden Hund und so geschieht auch nichts, obwohl ich mich ziemlich zusammen reissen muss.

Am selben Abend nachdem ich mein Futter erhalten habe, wir haben wirklich einen wunderschönen und lehrreichen Tag verbracht, lege ich mich in mein Bett in der Stube, mein Frauchen hat nach dem Duschen Freizeitkleidung angezogen und sitzt jetzt auf dem Sofa und schaut fern. Ich bin müde und schlafe ein. Plötzlich spüre ich Füsse. Sofort springe ich auf, schaue sie böse an und renne davon. Später erklärt sie mir, dass sie mich einfach hätte streicheln wollen mit den Füssen, das glaube ich ihr auch. Aber die Füsse erinnern mich an die vielen Tritte, die ich erhalten habe.

Wir sind in einem Block mit Eigentumswohnungen wohnhaft, wobei Frauchen ihre Wohnung nur gemietet hat. Man sieht mich da nicht gerne und –bis auf die Stockwerknachbarin-, machen die Nachbarn das Leben meines Frauchens zur Hölle. Somit ziehen wir Anfangs August 2016 um. Die neue Wohnung ist im selben Dorf wie mein Frauchen aufgewachsen ist. Sie ist dort noch verwurzelt und nach über zwölf Jahren zieht sie wieder dort hin, wie sie mir erklärt. Die Wohnung ist kleiner, aber wir haben einen eigenen Eingang und die Vermieter, welche gleich nebenan wohnen sind sehr nett. Sogar der grosse Mann. Sie sprechen immer mit mir, wenn wir sie treffen.

Bereits in der zweiten Woche geschieht etwas, daran hat mein Frauchen gar keine Freude. Wir müssen nicht weit laufen bis zu einem Feldweg, ich habe meinen Maulkorb nicht an (es ist spät am Abend), weil wir wirklich nur noch kurz aufs Abendklo gehen, wie sie es nennt. Zurück, praktisch vor dem Eingang sehe ich Nachbars Kater unter der Bank, stürze mich auf ihn und halte ihn fest.

Frauchen hat die grösste Mühe, damit ich den Kater wieder los lasse. Kurzerhand sperrt sie mich in die Autobox und geht bei den Nachbarn klingeln, um zu erzählen was passiert ist und sie ihren Kater bitte suchen und auf Verletzungen untersuchen mögen. (Anmerkung des Frauchens: Ich habe noch nie, wirklich nie einen Hund gesehen, der so schnell reagieren kann. Nicht mal meine ehemalige Mali-Hündin. Und wer die kurzhaarige belgische Rasse kennt, weiss, wie schnell sie sind. Der Kater ist zum Glück wieder vollständig genesen!) Danach führt sie mich rein ins Badezimmer, überall quellen kleine blutige Rinnsale aus mir heraus. Sie wäscht die kleinen –von den Katerkrallen hinzugefügten- Wunden aus und desinfiziert sie. Als sie merkt, dass es nichts Schlimmes ist meint sie nur nüchtern zu mir: „Du bist doof, echt jetzt. Und selber schuld!" Kuscheleien gibt es heute keine mehr. Ich werde in mein Bettchen geschickt. Am nächsten Tag hat sie wohl vergessen, dass sie eigentlich sauer auf mich ist, ich hüte mich, sie daran zu erinnern. Fröhlich begeben wir uns auf den Morgenspaziergang.

Gegen Ende August passiert dann noch einmal etwas. Etwas, was meinem Leben eine kleine Veränderung verschafft. So gesehen ist mein Verhalten gar nicht mal so falsch, wie ich finde. Es passiert eines Tages im Auslauf im Paradiesli, ich habe nicht richtig mitbekommen, dass sich Gabi von mir verabschiedet hat (das „Tschüss" und „Hallo" wurde zu einem Ritual für uns beide) und ich habe das Gefühl, dass ich sie suchen muss. Also ergreife ich die Möglichkeit und probiere über den Zaun zu klettern, leider ist er etwas zu hoch für mich. Ich reisse mir die Pfote auf. Das tut recht weh und es muss genäht werden. Mein Frauchen holt mich ab, ich reisse mir zu Hause die Fäden raus (nachdem ich den Verband aufgebissen habe) und ich werde noch einmal dem Tierarzt vorgestellt, diesmal dem Tierarzt, zu welchem mein Frauchen mit allen ihren Tieren geht. Ich kenne denn schon weil wir dort zum Impfen waren. Sie meinen, die Wunde sähe gut aus und mit desinfizieren und an der frischen Luft lassen sollte dies gut fertig verheilen. Mein Frauchen will mich aber so nicht mehr ins Paradiesli geben, bis meine Wunde vollständig zu ist und kann ihren Arbeitgeber überzeugen, dass sie von zu Hause aus arbeiten darf. Von dem Zeitpunkt an, darf sie das für einen Teil ihrer Arbeitszeit immer. Für mich heisst das, dass ich mehr bei ihr sein darf und weniger ins Paradiesli muss. Wobei, muss tönt hart, ich bin gerne dort, aber eben noch lieber zu Hause.

Meine Pfote ist komplett verheilt und mein Frauchen rennt hin und her in der Wohnung und packt meine Sachen ein. Was soll dies denn nun schon wieder? Aber halt, sie packt nicht nur meine Sachen, sondern auch ihre. Ihr herumgewusel macht mich ganz konfus und ich stehe ihr im Weg, wo ich nur kann. Ich habe das Gefühl, dass sie weg geht und ich muss ja schliesslich zeigen, dass ich auch noch da bin. Nicht, dass sie mich am Ende noch vergisst!

Sie versucht mir zu erklären, dass sie Ferien hätte und wir zusammen in die Berge fahren. Mir egal wohin, Hauptsache ich bin mit dabei.

Die Fahrt dauert fast drei Stunden, aber ich habe seit ich bei ihr bin, nie mehr ins Auto gekotzt und mittlerweile fahre ich auch ganz gerne. Naja, gerne ist wohl das falsche Wort, es macht mir nichts mehr aus. Die Ferien sind spitzenmässig, wir wandern viel und machen viele Pausen. Sie meint, ich sei dies ja nicht gewohnt. Aber ich schaffe es, meinen ersten Gipfel zu erklimmen und zwar den Piz Sezner, welcher sich 2310 Meter über Meer befindet. Frauchen lobt mich ganz fest, denn am Fusse des Berges auf knapp 2000 Meter über Meer müssen wir eine Gruppe von Kühen durchqueren. Ich bin sehr unsicher, immerhin sind das ganz grosse Tiere. Doch Gabi nimmt mich auf die andere Seite von sich, dass sie zwischen mir und den Kühen steht. Sie redet mit ihnen und mit mir. Langsam merke ich, dass sie die Situation völlig im Griff hat und ich eigentlich gar nichts tun muss, ausser dicht neben ihr her zu gehen. Oben auf dem Gipfel angekommen gibt es Wasser und etwas zu futtern, für beide von uns. Dann kritzelt sie etwas ins Gipfelbuch, wie sie das Buch nennt, welches in einer Dose am Kreuz befestigt ist. Oben ist es ziemlich windig und wir machen uns bald an den Abstieg, der ist etwas felsig. Mein Frauchen mahnt mich daran, langsam und vorsichtig zu gehen, auch wenn sie mich an der Leine (Geschirr und Halsband) fest hält. Denn mein Gleichgewichtssinn ist nicht gerade der Beste, ich kann noch nicht mal richtig pinkeln auf drei Beinen, ohne zu wackeln. Doch wir kommen unten an ohne Sturz. Am anderen Tag ist viel Ruhe angesagt, denn die Wanderung hat mich unheimlich angestrengt, aber es ist schön, solche Sachen mit ihr zu unternehmen. Bald darauf sind die Ferien auch schon wieder vorbei, wir fahren nach Hause und der Alltag beginnt wieder.

Wir treffen verschiedene ihrer Kollegen. Die haben auch alle Hunde. Nicht alle auf einmal natürlich. Wasser mag ich nicht besonders und wenn ich kann, dann weiche ich jedem kleinsten Rinnsal aus. Auch finde ich das trinken ausserhalb von zu Hause nicht sehr cool. Selbst in meinem eigenen Napf nicht.

Im Tierheim Paradiesli haben sie zu meinem Frauchen gesagt, dass sie mich wohl nie frei laufen lassen könne. Doch sie haben sich geirrt. Es ist Herbst 2016, ich lebe etwa ein halbes Jahr bei Gabi. Der erste Tag, an dem ich das erste Mal ohne Leine laufen darf ist gekommen. Sie lässt mich nicht weit, ruft mich immer wieder zu sich und belohnt mich mit vielen Lobworten und Keksen. Ich liebe es, wenn sie sich ab mir freut!

Ich merke ganz genau, wenn ich etwas richtig und etwas falsch mache. Ihr Tonfall verrät dies recht schnell. Und grundsätzlich will ich ja auch auf sie hören.

Kapitel 9
-Die Entscheidung-

Es wird nun langsam kälter und ich höre eines Tages, wie Gabi mit jemandem telefoniert. Es geht um einen weiteren Hund. Ich höre, wie sie der Person alles über mich erzählt, wie sie sagt, Hündinnen seien eigentlich kein Problem, aber sie wisse wirklich nicht, wie ich mit Welpen umgehen würde. Und ob das gut oder schlecht für mich wäre, einen zweiten Hund. Schliesslich entscheidet sie sich für den zweiten Hund. Sie erzählt mir, dass der Holländer eigentlich noch zu meiner Vorgängerin hin geplant und auch seit da reserviert war. Ich denke mir, eine Spielgefährtin ist sicherlich gar nicht so falsch, vorausgesetzt, ich behalte weiterhin meine Rechte an meinem Frauchen.

Caro mit Benji, Frauchen und ich besuchen Anina und Molly ein weiteres Mal in der Ostschweiz. Dieses Mal gehen wir in die Höhe auf einen kleinen Berg und machen von dort aus einen kleinen Spaziergang inkl. einem Fotoshooing. „Hier war ich oft mit Xena spazieren" erzählt mir Gabi. Also wohnte sie wohl mal im Toggenburg, das habe ich gar nicht gewusst. Es ist schön hier und mittlerweile habe ich mein Gleichgewicht auch etwas besser im Griff, das liegt wohl an den Spaziergängen auf unebenen Wegen, welche ich mit meinem Frauchen unter-nehmen darf. Benji darf noch nicht so weit spazieren wegen seiner Operation, doch ich habe genug neue Gerüche, mit welchen ich mich beschäftigen kann.

Eines Abends im Dezember auf unserer Abendrunde begegnen wir ein zweites Mal dem Kater unseres Vermieters. Mittlerweile getraut er sich wieder unter die Bank. Eine schnelle Kopfbewegung meinerseits und los bin ich mein Halsband. (Anmerkung des Frauchens: Hootch hat einen so komisch geformten Hals, ich kann ihm das Halsband nicht eng genug machen, dass er es nicht abstreifen kann und glaubt mir, darin ist er wahnsinnig gut, wenn er will). Der Kater rennt weg, ich hinterher, doch mein Frauchen ruft genau einmal. Ihre Stimme klingt nicht wütend, nicht nervös, sondern einfach nur kalt und streng. Das gewisse Etwas, das darin liegt, lässt mich umgehend umkehren und zu ihr zurück gehen. Ungern, aber ich glaube wenn ich jetzt nicht umkehre, dann ist nicht mehr gut Kirschen essen mit ihr. Dafür gibt es jetzt Kekse und zwar jede Menge davon!

Ebenfalls im Dezember 2016 geht es ab in den Kanton Zürich zu Caro und Benji. Kaum angekommen bringen Gabi und Caro die mitgebrachten Sachen rein. Ich warte im Auto. Es dauert nicht lange und schon stehen sie wieder da, diesmal ist Benji auch mit dabei. Wir gehen spazieren über die weiten Felder, dort darf ich viel frei laufen, weil es so übersichtlich ist und niemand kommt. Ich geniesse das kühle Wetter, tolle umher und befolge brav die Kommandos von meinem Frauchen. Jetzt bin ich aber müde und habe Hunger. Benji und ich bekommen unser Futter, während die beiden ihr eigenes Nachtessen vorbereiten. Das riecht auch sehr gut. Geschmolzener Käse, mmmmh. Hoffentlich fällt was Runter! (Anmerkung des Frauchens: Geschmolzener Käse = Raclette….).

Benji und ich sind müde, ich darf eines seiner Betten benutzen und lege mich sogar hin. Ich fühle mich hier bei Caro und Benji so wohl, dass ich sogar meine Augen zufallen lasse und nicht ständig dagegen ankämpfe. Selbstverständlich muss ich dann doch alle paar Minuten schauen, ob mein Frauchen noch da ist. Die beiden Frauen quatschen viel miteinander, lachen und sehen sich eine Staffel einer TV-Serie an. Die muss witzig sein! Später gehen wir noch einmal hinaus, Caro hat über ihre kleine Terrasse eine kleine Treppe nach oben, und schon ist man auf dem Feld. So toll!

In der Nacht darf ich bei meinem Frauchen auf dem Sofa verbringen. Ich schlafe durch, drücke mich aber fest an sie, damit ich merke wenn sie weg geht. Gabi ist sehr stolz auf mich, das erste Mal haben wir auswärts geschlafen, ich hätte dies wirklich prima gemacht. Caro sieht das auch so und ist zufrieden mit mir als Gast. Ich glaube ich darf da wieder mal hin. Benji und ich spielen zwar nicht miteinander, aber wir lassen einander in Ruhe. Es gibt auch weder Streit um Futter noch Plätze noch Spielzeug.

Bald ist Weihnachten, ich feiere mein erstes Weihnachten nicht in einem Tierheim! Ich bekomme sogar Geschenke, ist das denn zu fassen? Mein Frauchen ist in einem Hundeforum angemeldet und da gibt es immer ein Weihnachtswichteln. „Da ist immer etwas für den Halter und den Hund drin", erklärt mir meine Herrin. Man dürfe es aber frühestens am 24.12. öffnen. Sie packt das Paket ein und wir gehen zu ihren Eltern. Mittlerweile bin ich wieder ab und zu dort, für ein paar Stunden. Ich werde von ihrem Vater abgeschirmt (oder besser, er von mir), aber mein Omafrauchen ist super. Die hat immer Kekse und viel Streicheleinheiten für mich übrig. Gabi macht unten in der Küche das Dessert für den Abend bereit, ich muss leider oben warten. Ich darf nicht hinunter, zudem geht das auch gar nicht. Da ist eine böse Treppe dazwischen. (Anmerkung des Frauchens: Zwischen den Tritten sieht man hindurch, das mag Hootch gar nicht, resp. er hat eine heidenangst vor solchen Treppen. Deswegen ist diese Treppe für ihn eine böse Treppe). Sobald sie fertig ist mit der Vorbereitung fürs Dessert kommt sie zu mir rauf, wir gehen eine kurze Runde spazieren und dann meint sie zu mir: „Hootch, komm wir packen jetzt unser Geschenk aus." Wahnsinn, ich darf da sogar mithelfen! Sie Zeigt mir wie, ich darf das Packpapier auf und wegreissen. Dann kommt der Karton dran, das macht so viel Spass. Ich rieche, dass da feine Sachen für mich drin sind! Und wäääh, selber ge-machte Seife für mein Fraueli. Ich mags lieber wenns richtig fein stinken tut.

Am Nachmittag kommen dann die restlichen Besucher. Es ist Gabis Schwester, deren Mann und ihre gemeinsame Tochter. Ich mag kleine Kinder nicht, sie ist zwar noch nicht einmal ein Jahr alt, aber schon nur die komischen Geräusche finde ich doof. Leider muss ich den Abend oben verbringen, ich kann zwar ein wenig sehen vom unteren Teil, doch ich wäre natürlich lieber bei meinem Frauchen zu Füssen. Immerhin kommt Gabi ganz viel zu mir hoch und setzt sich kurz zu mir oder wir gehen kurz die Beine vertreten. Ich mache das wirklich ganz super, sagt sie mir immer wieder. Die Kleine ist krank, deswegen brechen sie schon vor dem Nachtisch auf, ich bin eigentlich ganz froh darüber. Meine Ohren klingen schon von dem Geweine. Gabi lässt den Abend noch ausklingen mit ihren Eltern und dann gehen wir auch schon bald zu Bett. Wir schlafen dort, weil mein Frauchen nicht mehr Auto fahren darf. Dafür schleiche ich mich in der Nacht auf das Bett und bleibe da bis am nächsten Morgen. Sie merkt nichts davon. (Anmerkung des Frauchens: Klar habe ich es gemerkt, aber manchmal denke ich, hat er den Körperkontakt einfach nötig. Es vermittelt ihm Sicherheit und somit habe ich nichts gesagt. Bei mir zu Hause darf er nämlich nicht aufs Bett).

Silvester darf ich dann im Paradiesli verbringen. Gabi ist eingeladen und da kann ich leider nicht mit. Aber für mich ist das schon in Ordnung, denn eine Woche davor war sie die ganze Zeit mit mir zu Hause und die erste Januarwoche ebenfalls.

Am vierten Januar erhält sie die Nachricht, dass die Zuchthündin 2 Mädchen geworfen habe und eine davon für sie sei. Also wird in 10 Wochen ein Holländer bei uns einziehen. Ich stelle mir vor, wie das wohl sein wird. Ab und zu durfte ich auch im Paradiesli mit anderen Hunden herum sausen und raufen. Ich fand das immer sehr lustig.

Vier Wochen später fahren wir wieder mal in den Kanton Zürich, aber nicht zu Caro, sondern zur Züchterin. Gabi erklärt mir, dass sie heute das erste Mal die Welpen besuchen könne. Ich muss im Auto bleiben, aber das ist ganz okay so, schliesslich kriege ich eine meiner Lieblingsknabberstangen. Was interessieren mich andere Hunde, wenn es etwas zu futtern gibt.

In den nächsten Wochen fahren wir einige Male dahin. Wie viel weiss ich nicht, ich bin ja schliesslich kein Mathematik-Genie. Ich kriege was Feines und wenn sie zurück kommt riecht sie immer nach Babyhund. Ob mir dieser Geruch gefällt oder nicht, da bin ich noch uneins mit mir selber.

Kapitel 10

-Der Welpe-

Es ist Sonntagmorgen, ich habe das Wochenende hier im Tierheim Paradiesli verbracht. Mein Frauchen hat bald Ferien, wie sie mir erklärt hat beim letzten Abschied. Eine meiner Pflegerinnen kommt mich fröhlich in meiner Boxe holen und sagt: „Hootch, dein Frauchen ist da. Ab nach Hause mit dir." Wie immer begrüsse ich Gabi sehr freudig und sie begrüsst mich wohl mit derselben Freude. Doch etwas ist heute anders, ich spüre es. Auf dem Weg von der Eingangshalle des Tierheims bis auf den Parkplatz wo ihr Auto steht, erzählt sie mir, dass wir heute Zuwachs bekommen würden. Es sei das Holländer-Mädchen und sie hoffe, ich freue mich über die neue Gefährtin. Sie hat mir das ja schon manchmal erzählt, und ich war ja auch schon mit dabei, habe sie an ihren Kleidern gerochen, aber gesehen habe ich sie noch nie. Ich habe nämlich immer brav im Auto gewartet. Jedes Mal mit einer feinen Stange an der ich nagen durfte.

Njammi, von mir aus hätten wir ruhig mehr als nur die paar Mal dorthin gehen können.

Die Fahrt nach Hause verläuft ohne Stau, als wir da sind wartet auch schon Caro vor der Türe. Allerdings hat sie Benji nicht mit dabei. Die beiden gehen kurz mit mir spazieren, dann bekomme ich zu trinken und selbstverständlich Kekse. Gabi ist gut drauf, wenn auch etwas nervös. Ich darf wieder ins Auto steigen und freue mich darüber, denn wenn ich ins Auto darf heisst das, dass mich mein Frauchen mit nimmt. Wir fahren da hin, wo es immer feine Knabberstangen gibt. Heute aber bekomme ich nur ein winzig munziges Stängeli. „Heute bleiben wir nicht lange oben, Hootch", sagt sie zu mir, streichelt mich und geht ins Haus. Eben bin ich fertig geworden mit meiner Leckerei, öffnet sich auch schon die Türe und Gabi, Caro und die Züchterin erscheinen. Die Züchterin trägt ein kleines, wildes vierbeiniges Etwas auf den Armen. Die drei verabschieden sich von der Züchterin und das kleine Ding sitzt bei Caro vorne neben Gabi. Wir fahren ein kurzes Stück und dann halten wir an. Caro steigt aus und Gabi kommt mich holen. Wir gehen ein paar Schritte in grösserem Abstand nebeneinander her und jetzt kann ich das kleine Vierbeinerlein auch genau anschauen. Es ist ein Mädchen, braun mit schwarzen Streifen. Es ist ein Holländischer Schäferhundwelpe. „Chess heisst sie", erzählt mir mein Frauchen. Wobei, jetzt muss ich wohl unser Frauchen sagen. Langsam dürfen wir uns beschnuppern, ich bin ganz vorsichtig und mache das prima. Jedenfalls ist mein, äh unser Frauchen ganz stolz auf mich und lobt mich. Dann nimmt Gabi uns beide, Chess links, mich rechts. Wir gehen ein paar Schritte und dürfen schnüffeln und pinkeln. Bevor wir fahren bekommen wir noch den Trinknapf vorgesetzt, aber ich mag jetzt nichts trinken. Chess bekommt die rechte Seite der Doppelboxe im Auto, ich behalte die linke. Die linke hat eine grössere Türe, aber innen seien sie gleich gross. Gabi besteht darauf, das Chess von hier an in der Boxe nach Hause fährt, es sind doch mind. 50 Minuten und das Meiste ist Autobahn. Es sei sonst zu gefährlich, höre ich sie zu Caro sagen.

In unserer Wohngemeinde angekommen gehen wir erstmals aufs Feld. Pfoten vertreten und Geschäfte verrichten.

Danach darf die Kleine unsere Wohnung begutachten. Ich darf leider nicht in ihre Betten, aber immerhin darf sie auch nicht in meine! Die erste Zeit vergeht wie im Fluge, wir gehen am Anfang jede Stunde mal raus. Als ob ich jede Stunde pinkeln muss. Aber unser Frauchen erklärt mir „Hootch, Chess muss lernen stubenrein zu werden". Pah, ich musste das nie lernen. Obwohl ich immer in Tierheimen gelebt habe wusste ich irgendwie, dass man nicht rein machen darf. Und darauf ist Frauchen auch sehr stolz!

Die Kleine finde ich super, aber manchmal kann sie auch echt nerven. Welpen halt. Und sie testet wirklich alles aus. Ich bin Gabi zu liebe sehr geduldig, sie wiederum schickt Chess weg, wenn sie merkt, dass es mir zu viel ist mit den Herder-Rempeleien. Schon bald sind Gabis Ferien vorbei und wenn sie ins Büro muss um zu arbeiten, ist Chess im Tierhotel 5 Stern in Niedergösgen untergebracht und ich darf nach wie vor ein paar Tage in der Woche ins Paradiesli. Somit sehe ich Chess nicht jeden Tag, aber immer wenn mich mein, nein, natürlich unser Frauchen abholt, dann gehen wir zusammen die Chess abholen. Wir begrüssen uns immer freudig, ich bin da nicht so kompliziert. (Anmerkung des Frauchens: Wenigstens da ist er wirklich unkompliziert, er fügt sich rasch wieder ins Rudel ein, ohne Probleme).

Seit ein paar Jahren habe ich am einen Bein etwas komisches, raus gewachsenes Gewebe. Es wuchs nicht weiter, die Tierärzte sahen keinen Grund etwas zu unternehmen und es wuchs auch nicht. Doch seit Chess bei uns ist und ich etwas stürmischer bin, fängt es an zu stören und ich lecke es auf. Leider fängt es wieder an zu wachsen. Gabi will mich, also eigentlich nur das komische Teil, dem Tierarzt vorstellen und sagt zu ihm, dass sie es gerne wegoperieren lassen will. „Es wächst leider wieder und es stört ihn" höre ich sie zum Tierarzt sagen. Einen OP-Termin wird ausgemacht, bereits für den nächsten Freitag.

„Ist nicht schlimm Hootch" sagt sie zu mir, als ich auf dem Tisch sitze und irgendeine Maske mit Gas aufgesetzt bekomme. Dies anscheinend, damit ich einschlafe und man mir das richtige Sedativum spritzen kann. Mein Frauchen steht die ganze Zeit neben mir, bis ich eingeschlafen bin.

Ich wache auf und mein Frauchen ist immer noch da, redend und streichelnd. Aber mein Bein ist verbunden, ich muss also eine Weile geschlafen haben. Zudem liege ich jetzt nicht mehr auf dem Tisch, sondern auf dem Boden und mein Frauchen sitzt neben mir, ebenfalls am Boden. Ich will sofort raus hier, aber Gabi meint, ich solle erst richtig zu mir kommen. Mir ist tatsächlich etwas schummrig zumute. Also bleibe ich neben ihr liegen. Ich strenge mich an, wach zu werden. Bald ist es soweit und sie fragt die Tierärztin ob sie mich kurz halten könne, damit sie das Auto kehren kann. So könne sie mich dann besser hinein heben. Ich warte gar nicht gerne bei der Tierärztin, sie ist zwar sehr nett, aber ich will unbedingt mit Frauchen hinaus. Naja, immerhin dauert es nicht lange und schon erscheint sie wieder. Sie bedankt und verabschiedet sich von den beiden Tierärzten, welche mich anscheinend operiert haben und führt mich raus auf den Parkplatz. Die Heckklappe ist bereits offen, sie öffnet noch meine Seite der Hundebox und schwupps bin ich auch schon drin. Keine Sekunde länger will ich hier bleiben. Los, fahr schon, denke ich bei mir.

Nebenan haben die Eltern der Tierärztin parkiert und waren gerade mit dem Hund dieser spazieren. Die Frau meinte nur „genau so soll das sein." Gabi gibt lachend zurück „ja er will einfach immer mit dabei sein. Aber eigentlich wollte ich ihn wegen seines Beines hinein heben." Sie verabschieden sich und nach einer gefühlten Ewigkeit fährt sie endlich los, nach Hause. Meine Wunde verheilt prima und blad haben wir auch schon den Laborbericht. Gutartige Wucherei, salopp gesagt. Aber sie hätten alles erwischt und somit muss sich Gabi überhaupt keine Sorgen mehr machen.

Kapitel 11

-Der neue Hundesitter-

Piet U. der Geschäftsführer und Inhaber des Tierhotels in Niedergösgen fragt Gabi eines Tages, warum sie denn nur Chess zu ihm bringe und nicht uns beide. Es sei doch unendlich umständlich erst Chess zu ihm zu bringen, dann Hootch –damit bin ich gemeint- ins Tierheim Paradiesli in Ennetmoos und dann zur Arbeit zu fahren. „Ja, es ist sehr umständlich und ermüdend" sagt sie, „aber bisher konnte ich keinen geeigneten Hundesitter für meinen Buben finden hier in der Umgebung. Überall ist er gestresst –also wirklich sehr gestresst- und den meisten traue ich sowieso nicht zu, mit ihm klar zu kommen. Viele haben „allgemeine Rudelhaltung" und das ist nichts für ihn. Oder dann gehen sie mit den Hunden spazieren, aber ich möchte das nicht. Im Tierheim Paradiesli selbst ist er wohl wie zu Hause und da gibt es meines Wissens auch keine Probleme mit ihm." Darauf hin meint Piet: „Also erstens wissen wir, das der Besitzer seinen Hund am besten kennt und wenn du sagst, dass etwas so und so ist, dann ist es das auch. Und zweitens, meinst du nicht, dass es mit Chess zusammen funktionieren würde? Sie kennt sich hier aus und kann ihm doch zeigen, dass es nichts Schlimmes ist, tagsüber hier zu sein." Und nachdem Frauchen die halbe Geschichte über mich ausgeplappert hat, leider auch die unschönen Dinge, einigen sie sich, es ab September 2017 zu probieren. Dann sei der grosse Sommeransturm vorbei, ich wäre dann nicht dem schlimmsten Trubel ausgesetzt und sie hätten etwas mehr Zeit für mich am Anfang.

Eine weitere gross Veränderung meines Lebens steht an und zwar die, dass ich ab heute mit Chess zusammen ins Tierhotel 5 Stern gehe, wenn unser Frauchen auf Arbeit ist.

Mein Frauchen bringt uns hinein und ich muss schon sagen, ich finde die Frauen, welche hier arbeiten sehr nett. Sie erinnern mich irgendwie an die Ladies des Tierheims

Paradiesli. Es klappt von Anfang an sehr gut. Für unser kleines Dreierrudel heisst das, dass wir von nun an jeden Abend zu dritt verbringen. Ich kann jeden Abend nach Hause und dies geniesse ich unheimlich. Langsam merke ich, wie ich endlich noch etwas mehr herunterfahren kann, wie Gabi es nennt. Jetzt habe ich ein richtiges Zuhause, so wie Chess es von Klein an hatte.

Chess geht mit Gabi noch in die letzten paar Junghundelektionen, ich warte derweil im Auto. Arbeiten fand ich bis jetzt immer blöd, aber irgendwie wurmt es mich schon, dass der Kleine Hüpfer so tolle Sachen machen kann und ich nicht. Als die beiden die letzte Lektion abschliessen, beschliesse ich für mich, dass ich auch etwas arbeiten will.

So kommt es, dass Gabi mit Chess weiter trainiert, auf einem Sporthundeplatz. Und dies jeweils am Donnerstagabend und an einem Wochendendtag. Gabi weiss noch nichts von meiner Entschlossenheit, doch bald soll sie es erfahren. Indes darf ich manchmal an einem Wochenendtag nach dem Training auf einen Spaziergang mit, wenn Anita W. mit ihrer Hündin noch eine Runde dreht. Chess muss dann auch mal im Auto warten. Diese Spaziergänge stressen mich am Anfang, manchmal sind noch andere mit dabei, aber mit der Zeit kann ich mich fallen lassen und merke auch hier, dass ich eigentlich für nichts schauen muss. Meine Herrin tut das schon für mich.

Mittlerweile habe ich angefangen, wenn unser Frauchen nach dem Spaziergang Chess aus der Autoboxe nimmt und mit ihr arbeitet, zu jammern. Sie sieht mich an und meint zu mir „ach komm schon Hootch, du willst ja nicht arbeiten, und ansonsten kommst du nun wirklich nicht zu kurz." Mal abgesehen davon, dass ich finde, dass ich immer zu kurz komme: doch! Ich will arbeiten. Ich muss doch beweisen, dass ich dies ebenso gut kann wie der kleine Holländer. Also ja, ähm, sie ist zwar mittlerweile so gross wie ich, aber für mich wird sie immer die Kleine sein. Auch wenn sie

viel frecher, vorlauter und zugegebener-
massen mir überlegen ist. Also, ich jammere
so lange vor mich hin, bis sie mich heraus
holt und mir Aufgaben stellt. Aufgaben,
welche ich bisher immer doof fand und
mich dumm stellte. Aber ich muss ehrlich
sagen, sie machen mir sogar Spass. Seither
trainiert sie, wenn wir zu Hause sind,
abwechselnd mit uns. Wenn sie Chess eine
Fährte legt, legt sie mir auch eine. Eine
einfachere und ich müsse nicht verweisen,
ebenso erwartet sie nicht wirklich etwas
korrekt zu sehen, Hundesporttechnisch
meine ich. Das ist auch gut so.

Zudem darf ich von nun an ab und zu am
Hundesportplatz vorbei laufen, wenn die
Gruppen am trainieren sind. Es geht jedes
Mal ein wenig besser.

Kapitel 12
-Die neue Situation-

Unser Frauchen war in der letzten Zeit sehr oft gestresst und krank. Immer wenn sie zur Arbeit musste oder heim kam. Ich glaube ihr Chef hat ihr ziemlich zugesetzt. Sie erzählt uns, dass bei ihr in der Firma das reinste Chaos herrsche, das ein totales Geläuf sei mit den Angestellten. Die Wechsel waren wahrscheinlich so viel, dass es bald abstrus ist.

Im November 2017 kündigt sie ihren Job und erzählt uns, dass sie sich ein paar Monate Auszeit gönne und ab März 2018 zu Hause sei. Darauf freue ich mich irrsinnig. Leider vergehen die letzten drei Monate sehr langsam, aber das ist wohl immer so, wenn man sich auf etwas freut.

Und dann ist er plötzlich da, der besagte März. Ständig sind wir um unsere Herrin, sie unternimmt viel mit uns beiden. Zudem darf ich jetzt auch manchmal auf den Hundeplatz, während die anderen trainieren. Ich mache das sehr gut, obwohl sich manchmal zwanzig Hunde auf dem Platz befinden und arbeiten, mit dem Ball bestätigt oder sonstwas werden.

Im August darf ich dann mit Gabi einer Hündelerkollegin von ihr mit zum spazieren. Schon von weiten rieche ich den unheilverkündenden Geruch. Pferde! Zusammen mit dem Pony und den zwei Hunden ihrer Hündelerkollegin gehen wir spazieren. Das finde ich also gar nicht lustig! Echt jetzt, muss das sein? Frauchen verbietet mir meine Aussetzer und ich muss mich benehmen. Sie geht sogar soweit, dass sie mich auf der einen Seite, auf der anderen Seite das Pony führt. Gar nicht witzig finde ich das, dennoch gebe ich mir Mühe. Denn Gabi zu gefallen ist mir unheimlich wichtig geworden, eigentlich das wichtigste überhaupt.

So kommt es, dass wir Chess' Vollschwester Caya besuchen. Also natürlich auch deren Besitzerin, Anita R. Wir spazieren zusammen, es ist heiss. Gabi staunt nicht schlecht als sie sieht, dass ich in einem Bach stehe und genüsslich Wasser schlürfe.

Auch meldet sie mich einfach freiwillig als Helferhund bei einem Junghundekurs. Als Hund mit dem man die Kreuzungen üben kann. Also das habe ich echt nicht unterschrieben, aber naja, was tut man nicht alles für sein Frauchen. Obwohl ich die jungen Hunde noch nie in meinem Leben gerochen habe, geschweige denn gesehen, zeige ich mich auch diesmal von meiner besten Seite.

Mittlerweile sind wir wieder etwas mehr im Tierhotel 5 Stern bei Piet und seinem Team. Unser Frauchen arbeitet wieder, jedoch hat sie mit ihren neuen Chefs die Abmachung, dass sie früh anfangen kann am Morgen (dann wollen wir beide eh noch schlafen) und dafür am Nachmittag auch wieder früh nach Hause. Somit kommen wir beide nicht zu kurz!

Kapitel 13

-Leere Koffer-

Und nun, nach drei Jahren und vier Monaten bei meiner Herrin habe ich endlich meine letzten Sachen aus meinem Koffer gepackt.

Nach über drei Jahren Angst, auch sie könnte mich wieder verlassen, wie es alle anderen Menschen in meinem Leben getan haben ist mir so richtig bewusst geworden, dass sie mich nicht einfach so verlässt.

Nach über drei Jahren kann ich mich endlich in mein Bettchen schlafen legen, auch wenn sich mein Frauchen nicht im selben Zimmer aufhält. Denn jetzt weiss ich: Wenn ich tief und fest schlafe und sie geht weg, dann weckt sie mich und sagt: „Hootch aufwachen, komm wir gehen".

Abspann
-Frauchens Worte-

Lucy war unsere erste Hündin, sie haben wir von einer Familie übernommen, als sie knapp 10 Monate alt war. Die Familie wollte nach Kanada auswandern. So erzählte man uns jedenfalls, denn ich bin mir nicht ganz sicher, ob sie ihre Reise dann auch wirklich angetreten haben. Aber das war mir egal, denn Lucy –eine Entlebucher-/ Sennen-mischlingshündin- war einfach ein perfekter Anfängerhund. Freundlich zu allem und jedem, Hund oder Mensch, Katzen, andere Tiere. Mit ihr war ich einfach an diversen Militaries, wir haben viele Tricklis geübt, habe sie gelernt am Pferd zu gehen und sie begleitete mich, später dann meine Eltern auf vielen Wanderungen. Ansonsten hatten wir keine Ambitionen.

Später kam dann Silvan, ein Kelpie-mischling dazu. Er wurde anscheinend ausgesetzt als er ca. 3 Wochen alt war. In einer Welpenauffangsstation wurde er aufgepäpelt. Er war unheimlich scheu und hatte kein Interesse an fremden Personen, er traute ihnen nicht. Ihn habe ich mit 4 Monaten aus der Auffangsstation adoptiert. Wie Hootch jetzt, klammerte er sich sofort an mich. Mit ihm besuchte ich erst den Junghundekurs, danach trainierten wir in einer Begleithundegruppe. Prüfungen bestritten wir keine. Auf Wanderungen war er mit Lucy zusammen ebenfalls mit von der Partie.

Xena war dann meine erste Hündin aus einer Zucht. Sie war ziemlich hochtriebig und ich musste sehr vieles lernen. Doch hat sie sich zu einer tollen Hündin entwickelt, welche ich fast überall hin mitnehmen konnte. Mit ihr trainierte ich erst in einer Begleithundegruppe, nach unserem Umzug in einer Sanitätshundegruppe. „Sanele" war wirklich unser Ding. Leider musste ich sie dann aus dem Sport nehmen wegen einer Hinterhandverletzung. Sie begleitete mich ebenfalls auf vielen Bergtouren.

Ich glaube ohne diese Hundeerfahrung hätte ich Hootch weder bekommen vom Paradiesli, noch hätte ich ihn mir zugetraut.

Die ersten Monate mit Hootch waren eine sehr turbulente, anstrengende und nervenstehlende Zeit. Sehr viele Male habe ich mich gefragt, wie lange ich dies noch durch halte. Einige meiner Freunde fragten mich sogar, warum ich ihn denn nicht wieder zurück gebe. Ich würde ja mein ganzes Leben umkrempeln für und wegen diesem Hund. Ja, das habe ich getan.

Vielleicht habe ich es hier im Buch nicht so detailliert beschrieben, manche Situationen waren sehr schwierig, manche gefährlich und um ihn zu schützen, habe ich es nur angeschnitten, etwas umschrieben oder ganz weg gelassen.

Hootch hat mittlerweile das „Eckenstarren" ganz abgelegt. Ebenfalls lässt er sich von meinen Füssen streicheln, auch wenn er es noch immer nicht gerne hat. Dafür aber stört es ihn nicht mehr die Bohne, wenn ich huste, was mich sehr freut. Er hebt noch nicht mal den Kopf, sondern schläft einfach weiter.

Wenn ich mit ihm alleine bin ist das Hundekreuzen nun (fast) kein Problem mehr, er orientiert sich prima an mir, oder ich kann ihn stimmlich dazu bringen, einfach weiter zu laufen. Bei Pferden ist es noch nicht ganz so top, aber dies üben wir weiter.

Alleine sein kann er nach wie vor nicht, muss er aber auch nicht. Das einzige was ich von ihm verlange ist, dass ich mal mit Chess alleine über die Strasse aufs Feld kann (bis zu zehn Minuten), wenn sie in der Nacht mal raus muss. Und das macht er prima. Er wartet dann einfach hinter der Haustüre, allerdings ohne allzu grossen Stress. Auch zu meinen Eltern kann ich beide bringen, sollte ich mal ein einem Dorffest sein. Da darf es auch mal länger dauern, das funktioniert tiptop.

In grossen Hundegruppen und auf dem Hundeplatz unter vielen Hunden kann ich ihn gut handeln.

Anfangs wollte ich einen Trainer suchen, der uns hilft. Aber die meisten glaubten mir nicht, dass er 80% ein Easy-Hund und die restlichen 20% eben teilweise sogar gefährlich ist. Aus diesem Grunde habe ich selber und nach meinem Gutdünken mit ihm gearbeitet. Mit Rückmeldungen von Hündeler-Kollegen, welche Hootch von Anfang an kennen. Als ich dann mit Chess begann, in der Sportgruppe zu trainieren durfte (noch immer) ich Hootch auch manchmal mit auf den Platz bringen. Oder wir gehen nach dem Fährten/ Revieren noch eine kleine Runde spazieren, wo er mit dabei ist. Zudem bekam ich auch von Anita W., unserer Trainerin viele gute Tipps.

Wir haben so grosse Fortschritte gemacht in den drei Jahren und vier Monaten –seit er bei mir lebt- und ich bin wahnsinnig stolz auf meinen Hootch!

News

-Aus dem Jahre 2020-

Vor ca. einem Monat wurde Hootch 11 Jahre alt. Das ist der 5. Geburtstag, welcher er bereits bei mir feiert. Noch einen und dann durfte er ebensoviele Geburtstage bei mir feiern, wie er zuvor im Tierheim verbracht hat. Ich habe mich total an seine Eigenheiten gewöhnt (nicht alleine sein können, Pferde etc.) und es ist für mich total normal geworden. Seit dem Lockdown kann ich vermehrt im Homeoffice arbeiten, was mir persönlich und auch den Hunden zugute kommt. Somit sind wir alle richtig zufrieden. Mein Bube ist grau, resp. weiss geworden. Er schläft viel mehr als früher, aber wenn er sein Balli bekommt, dann benimmt er sich nach wie vor wie ein Zweijähriger. Seine Verlustangst ist mit dem Alter wieder etwas grösser geworden, doch ich tue alles, um ihm keinen Grund für diese zu geben. Ende des letzten Jahres wurde noch einmal ein Gewucher entfernt, diesmal zwischen den Zehen. Es war wie beim ersten Mal gutartig.

Die Praxis wo er operiert wurde geht super auf uns ein. Ich konnte bei ihm bleiben bis er schlief und war wieder bei ihm, als er noch auf dem Tisch lag. Erst als ich wieder dort war, bekam er die „Aufwachspritze." Dies ist sehr wichtig für einen Hund, wie er es ist und ich bin dankbar dafür, dass wir dies jeweils so machen können. Dieses Verständnis für Tier und Mensch. Danke dafür!

Quellenangaben:

Die Fotos auf dem Cover vorne und hinten sind von unten aufgeführten Personen und Institutionen mit deren Einverständnis. Ebenfalls habe ich von allen Menschen, welche darauf zu sehen sind die Zusage, dass diese Bilder veröffentlicht werden dürfen.

-Gabriela Gamma

-Anita Rufer

-Tierhotel 5 Stern